하늘빛 사람들

Gens des nuages
Written by Jemia and J.M.G. Le Clézio
Photographs by Bruno Barbey

Copyright © Edition Stock, 1997
Korean translation copyright © MUNHAKDONGNE Publishing Corp., 2001

This Korean edition is published by arrangement with
Edition Stock through Sybille Books Literary Agency.
All Rights Reserved.

이 책의 한국어판 저작권은 시빌 에이전시를 통해
프랑스 스톡 출판사와 독점 계약한 (주)문학동네에 있습니다.
저작권법에 의해 한국 내에서 보호를 받는 저작물이므로
무단 전재 및 무단 복제를 금합니다.

이 도서의 국립중앙도서관 출판시도서목록(CIP)은
e-CIP 홈페이지(http://www.nl.go.kr/cip.php)에서 이용하실 수 있습니다.
(CIP제어번호: CIP2005002317)

하늘빛 사람들

Gens des nuages

J.M.G. 르 클레지오 · 제미아 르 클레지오 사막 기행

이세욱 옮김

문학동네

갈리아를 위해,

그리고 그분의 자녀들과

손자 손녀 들을 위해.

|차 례|

당신 덕분에 당신이 가시는 곳마다 생명이 나타납니다

마치 당신이 대지에 떨어지는 비라도 되는 양 합니다

또 당신 덕분에 우리는 아름다운 풍광을 볼 수 있습니다

우리 눈에는 마치 당신이 꽃이라도 되는 양 합니다

당신의 빛은 나그네를 목적지까지 인도합니다

마치 당신이 어두운 밤을 밝히는 달이라도 되는 양 합니다

신께서는 세상 어느 한 곳이라도

당신이 찾아가지 않는 곳이 없게 할 것입니다

오 당신이시여, 당신에 관한 기억은

우리들 각자의 몸과 마음에 깊이 아로새겨질 것입니다

시디 아부 마디안, 「각운시(脚韻詩)」
SIDI ABOU MADYAN, *Qasida en Ra.*

프롤로그

이 책은 어떤 뿌리찾기 여행에 관한 보고서이다. 함께 책을 써보자던 막연한 생각이 본격적인 구상으로 발전했을 때, 우리는 그 책이 제미아 가족의 시원(始原)인 사기아 엘 함라 골짜기, 곧 '붉은 강'으로 되돌아가는 여행에 관한 이야기가 될 수밖에 없다고 생각했다.

제미아는 자기의 뿌리가 어디에 있는지 오래 전부터 알고 있었다. 그녀의 어머니는 자신이 함라니야, 곧 '붉은 살갗'이라는 말을 곧잘 했다. 그 말에는 자신이 사하라 민족의 일원이라는 뜻과 자신의 살빛이 붉다는 뜻이 아울러 담겨 있었다.

시원의 땅으로 되돌아가기란 쉬운 일이 아니다. 특히 그곳이 사막으로 둘러싸여 있고 수년간의 전쟁 때문에 외부 세계와 차단된 머나먼 땅이라면, 그리고 거기에 남아 있는 사람들의 운명이 어떻게 되었는지 전혀 아는 바가 없다면 더더욱 그러하다. 사기아 엘 함라는 모로코 남단 드라 강 건너에 있는 말라붙은 골짜기다. '리오 데 오로'라는 이름으로 오랫동안 에스파냐에 속해 있었던 지역의 한복판에 있다. 그곳에 다다르기 위해서는 아틀라스 산맥과 안티 아틀라스 산맥을 넘고, 가다 고원을 지나 성도(聖都) 스마라까지 수천 킬로미터를 가야 한다.

그러나 이 여행이 정작 어려웠던 것은 거리와 위험(우리는 그 지역에 평화가 돌아오긴 했지만 지뢰 때문에 여전히 위험하니 조심해야 한다고 이르는 소리

를 들었다) 때문이라기보다 아루시 부족의 후예인 제미아와 사막에 남아 있는
친족 사이를 갈라놓고 있는 차이 때문이었다.

그 차이가 아마도 가장 넘기 어려운 장애였을 것이다. 자기의 과거를 만난다
는 것, 자기 자신의 낯선 이미지처럼 과거를 만난다는 것은 단지 여행을 하고
새로운 지평을 마주하는 것과는 전혀 다른 것이기 때문이다.

사기아 엘 함라로 가는 이 여행에 대해서 우리는 처음 만났을
때부터 이야기를 나누었다.

그러나 너무나 많은 것들이 그 회귀를 불확실하게, 나아가서는
불가능하게 만들었다. 이러저러한 사정, 우리의 일, 우리의 관
심사 — 제미아의 법학 공부, JMG(르 클레지오의 이름 장 마리 귀스
타브 Jean-Marie Gustave의 머릿글자 — 옮긴이)가 아메리카 인디언 세
계와 멕시코에 매력을 느낀 일 —, 게다가 아루시 부족 유목민
들의 영토 대부분이 휩쓸린 불안정한 전황 등. 우리는 늘 이 여
행에 관해 이야기를 하면서도, 그것을 그저 꿈처럼 생각하였
다. 나날이 이어지다가 숫제 일상적인 삶의 이면이 되어버린 꿈처럼.

JMG는 그 회귀의 꿈에 더욱 많은 현실성을 부여해볼 양으로 『사막 Désert』이
라는 소설을 썼다.

마 엘 아이닌이라는 족장을 다룬 소설이었다. 이 전설적인 인물은 지난 세기
말에 프랑스와 에스파냐의 식민 지배에 맞서 싸우기 위해 일군의 전사들을 스
마라와 사기아 엘 함라 골짜기에 결집하는 데 성공했던 정신적인 지도자였다.
제미아의 어머니와 마 엘 아이닌은 인척간이었다. 어머니는 그 족장에 관한
이야기를 우리에게 들려주면서, 그 반란의 시기에 마 엘 아이닌에게 넘겨졌던

어머니 당신 가문의 족보를 되찾지 못한 것을 아쉬워하곤 했다. 그 문서가 다른 주민들의 족보와 함께 족장에게 건네짐으로써, 족장은 전쟁에 참가할 수 있는 남자들의 수를 가늠할 수 있었다. JMG는 『사막』을 쓰면서 잃어버린 유산을 되찾고자 하는 그 공통의 열망을 한결 잘 이해하게 되었다. 그 무렵, 제미아는 서부 사하라에 관한 법학 논문을 위해서 자료 조사를 벌이고 있었다.

그럼에도 그 여행은 여전히 꿈으로 남아 있었다. '붉은 강'으로 가기보다는 모리셔스 섬이나 로드리게스 섬, 멕시코, 중국 등지로 가는 것이 한결 쉬웠다. 우리는 그 골짜기에 대해서 계속 이야기를 나누었지만, 그건 마치 지상에 존재하지 않는 잃어버린 나라, 아프리카 해안 어딘가에서 펼쳐졌다가 시간의 심연 속에 잠겨버린 전설의 땅, 다가갈 수 없는 어떤 섬 같은 곳에 대해서 이야기하는 느낌이었다. 마법의 힘을 빌리지 않고서야 어찌 우리가 거기에 갈 수 있을까 하는 생각마저 들었다.

그랬는데 갑자기, 우리가 더이상 생각도 안 하고 있던 터에, 그 여행이 가능하게 되었다. 우리가 더이상 희망하고 있지 않던 때에 그것이 우리에게 온 것이다. 우리는 마치 멀리 떨어진 어떤 지방을 구경하러 가는 사람들처럼 아주 간단하게 그 여행에 대해서 이야기할 수 있게 되었다. 사기아 엘 함라 골짜기, 시디(성인 남자의 이름에 붙이는 아랍어의 경칭. 옛날에는 지체가 높은 사람에게만 붙이던 것이었으나 오늘날에는 누구에게나 붙인다—옮긴이) 아흐메드 엘 아루시, 성도 스마라, 마 엘 아이닌 족장, 그런 전설적인 이름들이 돌연 현실로 다가왔다. 그토록 어려워 보이던 일이 그저 일정을 짜고 여정을 계획하고 지프를 구하기만 하면 되는 간단한 문제로 변한 것이다. 이를테면, 우리가 꿈꾸던 회귀가 현실적인 노정으로 나타난 거였다.

사기아 엘 함라를 추측의 혼돈으로부터 현실로 끌어내는 것, 우리 여행의 의미는 대략 그렇게 요약될 수 있었다. 이제 갈 수 있겠다 싶으니까 그 긴 기다림의 세월 동안 묵혀온 궁금증이 강하게 일었다. 아루시 부족 사람들이 말하는 소리를 듣고, 그들에게 다가가고, 그들을 만져보게 되다니.

그들은 무엇으로 살아가고 있을까?

여전히 낙타떼와 염소떼를 몰고 다닐까?

여전히 타조를 키우고 있을까?

그들의 인구는 얼마나 될까?

시디 아흐메드 엘 아루시가 부족을 세운 뒤로 수세기가 흘렀는데, 그 동안 그들은 얼마나 변했을까? 세상의 변화에 그들은 어떻게 적응했을까? 그들은 현대적인 삶에 대한 새로운 욕구에도 불구하고 변함없이 사막과 조화를 이루며 살고 있을까?

제미아의 어머니가 오래된 전설을 이야기하듯 제미아에게 가르쳐준 이름들, 즉 하늘빛(사하라 사막의 사람들을 흔히 하늘빛 사람들이라고 부른다. 그 별명은 그들이 주로 하늘빛의 길고 헐렁한 옷을 입었던 데서 연유한다—옮긴이) 여인들, 제미아에게 이름을 지어주었다는 금요집회, 대예언자 마호메트의 후예인 쇼르파(아랍 지역의 우두머리를 뜻하는 '셰리프'라는 말의 복수형—옮긴이) 부족, 낙타의 민족 아헬(부족 이름 앞에 붙은 아헬은 '자손'의 뜻—옮긴이) 즈말, 비를 좇아 떠도는 구름의 부족 아헬 무즈나 등이 예전과는 달리 생생한 의미를 지니게 되었다. 우리는 어서 그 이름들이 불리는 소리를 듣고 싶었다.

우리는 어디로 가는지도 모르고 거기에 다다르리라는 확신조차 없이 무작정 떠났다. 지도도 마땅한 게 없었다. 우리가 가지고 있던 것은 미슐랭에서 발간

한 10만분의 1 축척의 모로코 지도뿐이었는데, 거기에는 스마라만 표시되어 있을 뿐 시디 아흐메드 엘 아루시의 묘소가 있는 장소는 나와 있지 않다.

여행의 노정은 별로 중요하지 않았다. 우리는 그저 44번 도로를 타면 되겠거니 생각했다. 그것은 탄탄에서 출발하여 드라 강을 건너고 가다 고원을 지나 아바테크와 스마라를 향해 남쪽으로 빠지는 길이다. 돌투성이 사막을 가로질러 성도 스마라까지 곧장 가는 그 노선을 따라서 우리는 여행을 준비했다.

우리는 길을 모래로 뒤덮어버리는 사나운 바람, 더위, 신기루, 고독 따위를 상상했다. 탄탄에서 스마라까지는 300킬로미터쯤 된다. 프랑스나 미국에서 여행을 하는 거라면, 아니 멕시코에서 여행을 한다 해도 그 정도 거리는 아무것도 아니다. 그러나 이곳은 어떠한가?

물도 마을도 숲도 산도 없는 허허로운 300킬로, 마치 낯선 행성에서 달리듯이 그 길을 가야 한다. 우리는 전에 가보았던 사막의 길을 떠올렸다. 멕시코 북부의 시우다드 히메네스를 지나 마피미 사막을 가로지르는 도로. 또는, 요르단의 카스르 엘 아즈라크를 지나 이라크 국경 쪽으로 사막을 질러가는 아주 좁은 도로, 걸프 전 때는 세미 트레일러들이 대낮에도 전조등을 모두 켜고 달렸던 그 길. 스마라로 가는 길도 그와 같을까? 아니면, 그 길은 그저 지상에서 가장 살기 어려운 땅을 피해 달아나는 흙먼지 자욱한 비포장도로일 뿐일까? 지도는 정신의 여행을 가능하게 해준다. 우리는 지도를 보면서 세세한 사항까지 낱낱이 살피고 지명을 하나하나 읽었다. 점선으로 이어진 강들을 따라가보기도 했다. 그러다 보면 강들은 모래 속으로 슬며시 자취를 감춰버리곤 했다. 우리는 여러 종류의 우물도 찾아냈다. 개중에는 늘 물이 마르지 않는 것도 있고 일시적으로만 물이 고여 있는 것도 있으며, '비르'라는 이름의 깊은 우물도

있고 땅거죽에 짭짤한 물이 고여 있는 '하시'라는 것도 있다. 또한, 등고선을 살피며 땅의 높이를 헤아려보기도 하고 유목민들이 가축을 몰고 다닐 만한 길들과 그들이 쉬어 가기 위해 천막을 칠 만한 장소들도 짐작해보려고 애썼다.

우리가 지도에서 읽은 모든 지명들, 즉 드라 고원, 가아, 임리클리, 와디(사하라 사막의 장마철 이외에는 물이 없는 하천—옮긴이) 눈, 티리스 산, 스마라, 제무르 엘 아칼, 와르크지즈 산 등이 음악처럼 시처럼 울렸다.

모두가 마술처럼 신기로운 이름들이었다. 그것들 위로 온갖 전설과 풍문으로 이루어진 역사가 먼지처럼 피어오르곤 했다. 아타르, 싱게티, 우알라타 같은 큰 오아시스에 사람들이 낙타를 몰고 모여들어 물가에 천막을 치고, 피리 소리가 울려퍼지는 가운데 여자들은 노래하며 춤을 추고 남자들은 서사시를 낭송하거나 사랑의 시로 자웅을 겨루는 광경도 눈에 선했다.

바로 이 사막에서 최초의 대반란이 생겨났다. 이슬람의 성자들이 성스러운 전쟁에 나서라고 촉구했을 때, 커다란 쪽빛 쿤트(너울)를 두른 마 엘 아이닌 족장이 두 아들 모하메드 라그다프와 '금쪽'이라는 별명을 가진 아흐메드 엘 데히바에게 낙타 기병들을 이끌고 나가 기관총과 대포로 무장한 세계 최강의 군대에 맞서 싸우라고 명령하고, 적들을 향해 주술의 모래를 날려보내면서 자기 전사들에게 모두 불사신이 되리라고 장담했을 때의 일이었다.

우리는 모로코의 남부 지방으로 통하는 길로 들어섰다. 깨어 있으면서도 꿈을 꾸고 있다는 기분이 들었다. 풍경 하나하나가 오롯이 꿈결처럼 이어지고 있었다.

드라 강을 따라서

밖에는 사막의 차가운 밤.
안에는 다사롭고 환한 밤.
오 대지는 가시 모피로 덮여 있으나
우리에겐 우리만의 아늑한 뜨락이 있다.

자랄 알-딘 루미,* 「마스나위」, 1권

여기 이것이 사막의 문이다.

문의 생김새가 특이하다. 문이라기보다 철근 시멘트로 높게 지은 가로대라고 하는 편이 낫겠다. 단봉낙타 한 쌍이 길을 가로지르며 입을 맞추고 있는 형상이다. 칼릭스토가 이 구조물을 사진에 담은 적이 있다. 그는 1434년 유럽인으로서는 처음으로 사하라에 발을 들여놓았던 포르투갈인 질 에아네스의 자취를 되찾아냈다.

탄탄(우리는 이보다 한결 부드러운 이름인 아오레오라를 더 좋아한다)이라는 도시는 군사기지이다. 드문드문 흩어진 집들과 병영이 있으며 늘 먼지가 부옇고 사막의 냉랭한 분위기가 흐른다. 지척에 바다가 있다. 넓게 펼쳐진 해변은 잿빛이고 바람에 깎인 해안 절벽은 말라가 어름의 에스파냐 해안만큼이나 허허롭고 밋밋하다. 하나 있는 호텔 겸 술집은 유령이 나올 것만 같고 해변에는 개들이 어슬렁거린다. 통조림 공장들의 거대한 실루엣이 흉물스럽다. 세계의 끝에 온 듯한 기분이다. 칠레나 페루의 분위기가 아마 이러할 것이다. 아닌게 아니라 오랫동안 세계는 이곳에서 더 나아가지 않았다. 문명은 북쪽의 티즈니트나 겔밈에 있다.

탄탄을 벗어나자 드라 강이 우리를 기다리고 있다.

여행을 떠나기 전 지도에서 강어귀를 보았을 때, 우리는 마음속으로 모로코에서 가장 긴 이 강의 유역을 거슬러올라가본 적이 있다. 마치 장엄한 혼돈 속을 거슬러올라가듯이. 우리의 상상 속에서 그것은 사해나 요르단 강이나 사르 강의 대유역이 주는 혼돈의 느낌과 비슷했다. 드라 강 유역은 사하라 사막과 비옥한 아프리카를 확연하게 갈라놓는 단층이며, 지금으로부터 5천 년 전 베르베르인들과 아프리카 흑인들이 처음으로 대립하여 나중에 무어 족이 생기게 했던 곳이다.

우리는 거의 의식하지 못하는 사이에 드라 강 유역에 다다랐다. 바람에 깎인 메마른 지맥들을 넘어가자, 문득 한사리 때에 드러난 바닷속의 골짜기에 들어와 있는 듯한 기분이 든다.

이곳의 지형은 세상에서 가장 오래된 것들에 속한다. 사막의 화강암질 암반 위로 편암과 사암의 구릉들이 완만한 기복을 보이며 물결치고 있다. 관목 덤불과 약간의 아르가니에(적철과 赤鐵科 나무의 하나. 북아프리카에서 자라며 가시가 있고 열매는 먹을 수 있으며 씨로는 기름을 짠다―옮긴이)와 고무나무가 있는 걸로 보아 지하수가 제법 많이 흐르고 있는 것이 분명하다. 안개에 가려 어렴풋하긴 하지만, 멀리 골짜기의 건너편 사면이 보인다. 가다 고원이 시작되는 곳이다.

도로는 조약돌이 깔린 강변과 거의 말라붙은 강물을 가로지르는 둑방 위로 나 있다. 바로 여기다. 이곳이 드라 강이다. 장관이라 할 만한 것은 아무것도 없지만, 강을 만나자 가슴이 두근거린다.

물이 없어서 거의 강으로 보이지 않는 이 강은 여기에서 천 킬로미터 떨어진 아틀라스 산맥의 만년설에서 발원한다. 모로코에서 가장 유구한 역사를 자랑하는 베르베르인들의 문화를 낳은 것이 바로 이 강이다.

1897년 2월, 마 엘 아이닌 족장은 사막의 뛰어난 전사들을 이끌고 바로 이 드라 강을 따라서 사르호 산을 지나 마라케슈 시(市)까지 거슬러올라갔다. 술탄 물라이(물라이는 모로코 알라위트 왕조의 술탄들에게 붙였던 칭호—옮긴이) 압델라지즈를 만나기 위해서였다. 그것은 당당하고 화려한 행진이었다. 베르베르 마을에서는 저마다 대표단을 보냈으며, 젊은이들은 모로코 해안을 점령한 외국인들을 몰아내기 위해서 온 늙은 족장과 아들 데히바를 해방자로 열렬히 환영하면서 족장의 군대에 앞다투어 합류하였다.

그런가 하면, 1910년에 그들이 카스바 타들라 전투에서 망쟁 장군이 이끄는 프랑스군에 패하여 다시 내려온 것도 바로 이 길을 통해서였다. 호치키스 기관총에 떼죽음을 당하고, 아가디르 요새를 집중 포격했던 코스마오 장갑함의 대포에 쓰러져간 전우들을 뒤로 한 채, 그들은 기아에 허덕이고 질병으로 신음하면서 허위허위 이 길을 따라 내려왔으리라.

드라 강의 말라붙은 바닥을 건너가는 동안, JMG는 무엇에 홀린 듯이 수풀이며 아르가니에 덤불을 기웃거리고 멀리 있는 언덕들을 살핀다. 마치 마 엘 아이닌 시대에 가족과 가축떼를 이끌고 길을 떠난 사막의 전사들이 마라케슈에서 행진하는 모습을 곧 보게 되리라고 기대하는 사람 같았다.

마 엘 아이닌 족장은 프랑스와 포르투갈과 에스파냐의 침입자들을 몰아내기 위해 사하라의 모든 유목 부족을 하나로 묶는 동맹을 꿈꾸었다. 그러나 페스에 있던 술탄 물라이 하피드를 만나지 못함으로써 그 꿈은 깨어졌다. 1908년, 물라이 하피드는 프랑스의 위협에 굴복하여 알제지라스 조약을 받아들여야만 했다. 그 조약은 신탁통치 아래의 모로코가 프랑스로 넘어간다는 것과 나라를 잃은 모로코 국민들로 하여금 전쟁의 피해 보상으로 프랑스에 2억 600만 프랑을 지불하라고 강요하는 내용을 담고 있었다. 마 엘 아이닌 족장은 항복의 뜻을 담은 서신을 1909년 10월 7일자로 술탄에게 보냈다(편지의 서명은 그의 아들 아흐메드 엘 데히바의 이름으로 되어 있었다). 그럼에도 프랑스는 본때를 보여주자는 뜻에서 '사막의 술탄'이라 불리던 그의 오만함을 벌하기로 결정했다. 사하라의 대다수 부족들—레기바트, 베릭 알라, 울레드(부족 이름 앞의 울레드는 '자손'이라는 뜻—옮긴이) 델림, 티드라린, 아루시 부족, 자르기 부족, 아이트(부족 이름 앞의 아이트는 '자손'을 뜻하는 베르베르어—옮긴이) 라흐센, 아이트 바 암란, 테크나, 울레드 부 스바—에서 나온 6000명의 전사들로 이루어진 군대가 페스로 가는 도로에서 겨우 2500명의 병사로 이루어진 현대적인 군대의 전술과 화기의 위력에 참패를 당했다. 적군 병력의 3분의 2는 세네갈의 원주민 부대와 무어의 용병이었다.

사막의 전사들을 주인공으로 한 위대한 서사시는 여기 드라 강의 드넓은 하구에서 그렇게 끝을 맺었다. 바다에서 불어오는 바람이 그 전사들에 대한 덧없는 기억을 실어가고 그들이 믿었던 불사신의 전설을 산산이 흩뜨린다.

아틀라스 산맥의 높은 봉우리들에 가까운 강 상류에서는 급류가 모여 내를 이루고, 타타·품·에스기드 등 천 년의 과거 속에 잠든 베르베르 마을들의 보리

밭과 밀밭에 물을 대준다. 훨씬 더 멀리, 사막의 끝에 다다르면 드라 강은 자고라, 와르자자트 및 다데스 천 하구의 종려나무 숲들을 끼고 흐른다. 티즈니트의 미로 같은 구시가지를 빠져나가면, 석회 바른 담으로 둘러싸인 마 엘 아이닌의 묘소 가 있다. 이런 묘소를 모로코에서는 '자우야'라고

부른다. 이것은 무덤인 동시에 기도의 장소이자 나그네를 위한 피신처이다. 파란 하늘 아래 하얗게 솟아 있는 고요하고 아늑한 안식처. 그 안으로 들어가 서, 우리는 두 개의 무덤 앞에 한동안 서 있었다. 검은 돌로 이루어진 커다란 원과 그보다 작은 또다른 원. 바로 마 엘 아이닌, 곧 '눈물'이라는 별명으로 더 잘 알려진 라이 아흐메드 벤 모하메드 엘 파델과 그의 아내 랄라 마이무나 의 무덤이다. 사하라의 가장 위대한 족장들 중의 한 사람, 남부의 수피즘 수도 회인 물라이 벤 아자의 카드리아 회와 모리타니아의 아주아드 베카이아 회의 회원이자 구드피아 회의 창시자, 모로코의 수피즘을 지킨 마지막 족장, 많은 신학 논문의 저자, 천문학자, 시인, 사람들의 마음을 읽을 줄 알았고 모래에 입김을 불어 병자들을 낫게 하는 능력을 지녔던 마술사. 그가 여기 아내 곁에 잠들어 있다.

돌들이 원을 이루고 있고 그 위에 융단을 덮어놓은 무덤은 묘소의 깊은 정적 속에서 웅장하면서도 소박한 느낌을 준다. 무덤에 잇달린 어둠침침한 방이 텅 빈 채 순례자들을 기다리고 있다. 물어볼 엄두는 내지 못했지만, 우리는 바로 그 방에서 마 엘 아이닌이 아내의 무릎을 베고 마지막 숨을 거두었으리라고 생각했다.

사막

묻지 말라!
사랑으로 할 수 있거나 창조할 수 있는 게 무어냐고.
그저 세상의 빛깔만을 바라보라.
이 강물은 모든 강에서 동시에 흐르고
진리는 태양의 표면에서 숨쉬고 있나니.

자랄 알-딘 루미, 「마스나위」, 1권

사막에 들어가는 것보다 더 큰 감동을 주는 일은 없다. 어떤 사막도 다른 것과 닮지 않았지만, 사막에 들어갈 때마다 심장은 더욱 세차게 고동친다.

우리는 몇 군데의 사막, 특히 아메리카에 있는 사막을 둘이서 자주 갔었다. 미국 뉴멕시코 주에 있는 화이트 샌즈의 광막한 모래 벌판. 다른 어느 곳보다 자주 갔던 멕시코의 소노라 사막, 해수면보다 낮은 위치에 통행로가 나 있고 온도가 견딜 수 없을 만큼 높이 올라가는 불지옥 같은 그곳. 멕시칼리와 소노이타 사이에 있는 황토색 평원. 캘리포니아 반도의 달 표면 같은 사막. 별똥별의 잔해가 점점이 흩어져 있는 히메네스 근처 마피미 사막의 정적 지대.

드라 강을 건너면서부터 본격적으로 사하라가 시작된다. 강의 남쪽 언덕은 세상을 달라지게 하는 급사면이다. 그 언덕을 경계로 이편에는 사람이 살고 있는 자취가 보이는 안개 낀 골짜기가 있고, 저편에는 단단한 바닥에 뾰족한 검은 돌이 점점이 뿌려진 사막이 있다.

비외샹주라는 사람의 기이한 여행이 생각난다. 그는 스마라 시에 다다르기 위해 이 길에 목숨을 바쳤던 사람이다. 그의 수첩에 적힌 대로, "백인 중에서 처음으로" 거기에 들어가기 위해서였다. 그의 여행과 우리의 여행은 많은 점(무엇보다 우리 여행이 한결 쉽다는 점)에서 차이가 있지만, 우리는 그의 감동과 초조감을 똑같이 느낀다.

가다 고원은 정말 그가 보았던 모습 그대로이다. 가없고 단조롭고 묘지처럼 음산하지만, 인간의 척도를 넘어서는 어떤 아름다움이 있다. 이곳은 광물의 세계이다. 남쪽으로 나아갈수록 드라 강 주변의 키 작은 식물들은 점점 작아지고 가냘퍼지고 까매지다가 마침내는 가뭇없이 사라진다. 길은 갖가지 회랑지대와 침식 자국과 좁다란 홈을 따라 나 있다. 멀리에 푸릇푸릇하게 보이는 언덕들, 곧 케스타(한쪽은 가파른 벼랑으로 되어 있고 다른 쪽은 완만한 사면을 이루는 구릉—옮긴이)·사구(砂丘)·모래 비탈 등은 꿈속의 풍광 같다. 더러는 땅이 반짝반짝 빛나는 곳도 있다. 잿빛 하늘 아래에도 영광은 있다는 듯이.

다른 곳 어디에서도 우리는 이처럼 세계의 주춧돌에 가까이 있다는 느낌, 영원히 부서지지 않을 단단함에 이처럼 접근해 있다는 느낌을 가져본 적이 없다. 이 단단함은 장차 거대한 운철(隕鐵)의 형태를 띠게 될 것만 같다. 이곳에선 햇빛에 찔리고 있다는 느낌도 다른 어떤 곳보다 강하다. 우리는 마치 거대한 유리창에 붙어 있는 곤충, 하늘과 땅이라는 두 개의 연마판 사이에 낀 벌레 같다.

바람의 풍광, 공허의 풍광.

어느 날 물이 빠지면서 바닥과 예전의 물가, 물길, 벼랑에 부딪힌 물결의 흔적을 온전히 드러낸 헐벗은 땅.

물은 도처에 있다. 우리가 직선으로 뻗은 길을 달리고 있노라면, 멀리에 물이 반짝이며 나타난다. 하늘빛의 거대하고 잔잔한 호수가 우리를 향해 길고 투명한 팔을 벌렸다가 우리가 지나가면 오므린다. 이것은 우리가 꿈꾸는 물이다. 긴다리 물새나 집, 오아시스 가장자리의 실루엣들도 보이는 듯하다.

사하라의 유목민들 사이에 전해져 내려오는 이야기에 따르면, 수천 년 전 인간이 아직 이 풍경 속의 덧없고 가냘픈 실루엣에 지나지 않았던 시절에 엄청난 장대비가 대지를 휩쓸었다고 한다(이런 비가 실제로 내렸다는 것이 지질학적 연구를 통해 확인된 바 있다). 그 비는 어찌나 세차고 사나웠던지 산사태를 일으키고 골짜기를 만들고 빌딩만큼이나 큰 규석 바위를 바다까지 밀어냈다.

제미아가 꿈꾸던 것이 바로 그런 풍경이다. 그녀의 유전자에는 그 태초의 땅에 대한 기억이 담겨 있을지 모른다. 그녀가 뉴멕시코 주의 사막에 처음으로 갔을 때, 리오 그란데나 리오 푸에르코의 유역에 갔을 때, 광대하게 펼쳐진 흰색과 황톳빛의 평원, 화산 때문에 생긴 탁자 모양의 산정, 뭉게구름이 여기저기 피어나는 가없이 펼쳐진 하늘을 보면서 어디선가 본 적이 있다고 느꼈던 것도 바로 그 풍경에 대한 기억 때문일 것이다. 이제 제미아는 그것을 다시 보고 자기 내면에 담아 요모조모 살피고 있다.

땅이 이렇게 밋밋한데도 새로운 것이 끊이지 않고 나타난다. 하얀 점토판, 금빛·분홍빛·잿빛 모래의 흐름, 재, 화석처럼 굳은 검은 모래둑, 수천 년 동안 바람에 깎인 바위. 제미아는 그날 내내 침묵을 지켰다. 여기는 그녀의 고향과도 같은 곳이며, 가장 오래된 땅이면서 동시에 가장 새로운 땅, 인간의 세월이 자국을 남기지 않은 땅이다.

가다 고원은 기억으로 가는 통로이자 다른 세계로 들어가는 길목이다.

이곳에서는 시간이 여느 시간과 같지 않다. 기억의 영역으로 들어가기 위해서는 옷을 벗고 몸을 씻어야 한다. 우리는 이 여행을 함께 하고 있지만, 제미아는 우리가 함께 가고 있는 길과는 전혀 다른 노정을 따르고 있다. 그녀는 단지 스마라와 사기아 엘 함라로 가는 이 길로 나아가고 있는 것이 아니다. 그녀는 역사의 흐름을 거슬러올라가고 있기도 하다. 그럼으로써 이 땅을 떠나 북쪽 나라의 도시로 이주했던 자기 가족의 자취를 찾아내려는 것이다.

우리는 오래 전에 그들이 갔던 길을 달리고 있다. 고원을 따라서 와디 세베이카의 말라붙은 골짜기와 와디 눈까지 가려면 이 길밖에 없다. 바닷가를 따라

가는 길이 있긴 하지만 그건 너무 멀다. 게다가 당시에는 너무 위험했다. 에스파냐 점령군의 통제를 받거나 '계주', 곧 약탈을 일삼는 티드라린과 임라젠 용병들에게 당하기 일쑤였기 때문이다. 결국 제미아의 가족은 타루단트 쪽으로 곧장 가는 확실한 길을 선택했다. 이 길은 1888년 카미유 두가 모험을 끝내고 프랑스로 가는 배를 타기 위해 모가도르 시로 돌아갈 때 이용했던 길이다. 또, 미셸 비외샹주가 희망을 가득 품고 스마라로 갈 때 지나갔던 길도 이 길이고, 그가 포로처럼 묶인 채 낙타 옆구리에 매어단 광주리에 실려서 햇볕에 바싹 그을리고 신열 때문에 다 죽어가는 몰골로 돌아왔던 길도 바로 이 길이다. 결국 그는 이프니까지 와서 죽음을 맞았다.

그들 유럽인들은 교만함과 호기심에 이끌려 가능성의 한계를 뛰어넘고자 했고, 자기네 나라 사람들에게 스케치 몇 장과 수첩과 이내 빛이 바래버릴 사진

몇 장을 가져가기 위해 지옥의 문을 넘고 싶어했다.

그런데, 제미아의 조상들은 무엇 때문에 그 탈주의 길로 나섰을까?

가죽부대에 담긴 물과 약간의 식량만을 지닌 채 염소떼와 낙타 한 마리를 몰며 햇볕에 그을리고 밤의 냉기에 얼면서 자녀들과 함께 이 길을 걸었던 그 여자와 그 남자—제미아의 조부모—를 상상해보아야 한다. 그들은 무엇 때문에 어느 날 갑자기 고향을 등진 것일까? 그들은 왜 자기네 조상 시디 아흐메드 엘 아루시의 은덕이 서린 묘소 주위의 땅을 버리고, 그토록 거칠고 무서운 북쪽 세상으로 길을 떠난 것일까? 그들은 전혀 알지도 못하고 그저 두렵기만 한 그 문명 세계에 왜 위험을 마다하고 들어갔던 것일까? 서(西) 사하라의 역사를 편찬한 사학자들, 이를테면 에스파냐 사람 카로 바로하와 (1994년 런던에서 『서 사하라 역사 사전 *Historical Dictionary of Western Sahara*』을 펴낸) 영국인 앤서니 패저니터와 토니 호지스, 프랑스의 역사학자 라 샤펠과 베르티에 등은 금세기 초인 1906년에 아루시 부족을 엄습한 비극에 대해서 언급하고 있다. 경쟁 부족인 부 스바가 다클라 서쪽의 티슬라틴 지방에서 아루시 부족의 거의 모든 남자들을 학살한 사건이다. 그 참패는 사기아 엘 함라에 있는 아루시 부족의 쇠퇴로 이어졌음에 틀림없다. 1918년 안티 아틀라스 산맥의 베르베르 부족인 아이트 우사가 살포 경작 지대에 침입하여 아루시 부족의 예속 부족인 울레드 압델라흐메드를 탈취하여 자기네 종으로 삼아버렸다. 다른 예속 부족들은 아루시 부족의 패배에 이은 혼란을 틈타서 자유를 되찾고 낙타유에 대한 세금인 '호르마'의 지불을 중단하였다. 기아에 허덕이고 돌림병에 신음하던 터에 새로운 재앙이 겹쳤다. 알제리 사하라와 모리타니아의 프랑스인들이 전진해온 것이었다. 예전에 레기바트 부족과 더불어 사하라 북부의 통행로를 지배했던 셰리프 부족은 새로운 국경에 갇히고 에스파냐 식민들의 뻔뻔한 법률에 굴복하여, 종속적인 역할을 하며 목숨을 부지하는 신세로 전락하였다.

한때는 북아프리카 일부에 낙타와 소금과 양털을 공급했던 아루시 부족의 영화도 끝이 났다. 프랑스인들이 있어서 마라케슈까지 더이상 갈 수 없게 되고, 에스파냐 사람들과 결탁한 용병들 때문에 해안 쪽 길도 막힌데다가, 모리타니아의 새 국경선 때문에 두모스 남쪽과도 차단된 그들은 방물장수 노릇을 할 수밖에 없는 처지가 되었는데, 그것으로는 사기아 엘 함라 땅을 더이상 확실하게 지배할 수 없었다.

예전에 아루시 부족 전사들의 보호를 받으며 관개수로를 통해 물을 대는 밭에 보리와 밀을 경작하던 예속 부족들은 자기들의 생산물을 빌라 시스네로스와 산타 크루스 데 마르 페쿠에냐에 주둔하는 에스파냐 부대에 팔기 시작했다. 그리고 전에 사기아 엘 함라 목동들을 부유하게 해주었던 양털은 이제 에스파냐 상관(商館)의 중개를 통해서만 구매자를 찾을 수 있게 되었다. 그 에스파냐 사람들은 양털을 싼값에 사서 모로코 사람들에게 되팔았다.

티슬라틴의 학살에서 시작하여 틴두프와 스마라에 각각 프랑스인들과 에스파냐인들이 결정적으로 정착할 때까지 계속된 그 장기간에 걸친 경제 위기 때문에 제미아의 가족은 어쩔 수 없이 이민을 가야 했던 것이리라. 그러고 보면, 지금 우리가 바람처럼 빠르게 달리고 있는 이 길은 고통과 출향의 길이다. 작은 풍경 하나하나, 돌멩이 하나하나, 지평선의 윤곽 하나하나가 단장의 서러움이고 가슴을 찢는 비애다. 다른 이민자들과 함께 그 여자와 그 남자가 어쩔 수 없이 떠나간 이 길 끝에는 어떠한 영광도 어떠한 보상도 없었다. 그저 고독과 출향과 망각이 있었을 뿐이다.

지금 지프는 가다 고원의 곧은 길을 어려움 없이 달리고 있고, 우리는 그 출향의 길에 대해서 생각하고 있다. 타루단트에서 스마라 쪽으로 시간을 거슬러오르면서, 우리는 제미아의 기원으로 점점 다가간다. 그녀가 숱하게 이야기를 들었지만 갈 수 없을 거라고 생각했던 그 골짜기를 향해. 마치 그녀가 안에 품고 있는 비밀의 근거가 거기에 있기라도 한 것처럼. 그녀의 어머니와 할머니를 가호도 없고 축복도 없는 낯선 세계 속으로, 사람들이 기적과 신기루도 모르고 돌과 바람의 나라나 정적과 사막의 아름다움에 대해서도 전혀 알지 못하는 세계 속으로 그녀들을 밀어넣었던 그 시련이 여전히 거기에 있기라도 한 것처럼.

이렇듯 우리는 제미아와 그녀가 태어나기 전의 세계를 갈라놓고 있던 문을 바람처럼 빠르게 넘고 있다. 울퉁불퉁한 바위, 푸르스름한 기운이 감도는 절벽, 협곡, 백악(白堊)의 침식 자국, 검은 돌의 바다. 이곳에서는 하늘과 땅의 경계가 무너진다.

여행, 여행을 하면서 우리가 얻는 것은 무엇인가? 비외샹주가 발이 피투성이가 되도록 이 돌길을 걸은 뒤로, 세상이 달라지고 사람들의 마음은 교만으로 가득 찼다. 아마조니아나 시베리아, 북극 지방의 숲, 테네레 지방의 모래 벌판, 그 어디에서든 길이 나면 고독이 유린된다.

그러나 갔던 길로 되돌아와 자기에게 부족한 것과 자기가 소홀히 한 것이 무엇인지를 깨닫는 것, 본연의 얼굴을 되찾고 아이를 어머니나 한 나라나 어떤 골짜기와 결합시키는 깊고 부드러운 눈길을 재발견하는 것. 현대 세계에서 사람들을 분열시키고 단죄하고 쫓아내고 욕보이고 약탈하는 모든 것, 이를테면 전쟁과 가난과 유배 따위를 이해하는 것. 또, 하늘의 광채나 바람의 자유를 맛

볼 수 없는 곳에서, 친지와 친척으로부터 멀리 떨어진 채, 조상의 자취 아직 선연한 땅을 떠나 종교의 숨결도 느끼지 못하고 매일 저녁 기도 시간을 알리는 목소리도 듣지 못하며 자손들을 위해 그 골짜기를 선택했던 성자의 가호도 받지 못하면서 축축하고 어두운 다락방에서 사는 삶을 이해하는 것. 낯선 땅에서 살고 싸우다 죽는 것. 이는 어렵지만 찬탄받아 마땅한 일이다.

이곳에서는 땅 한 자락, 그늘 하나, 바람에 구르는 돌멩이 하나, 언덕의 실루엣 하나가 다 친근하다. 흐르는 한 순간 한 순간이 감동을 주고 이야기를 들려준다. 정복과 탐험에 관한 거창한 이야기가 아니라, 되돌아오리라는 희망도 없이 다른 땅을 찾아 고향을 등졌던 어떤 남자와 여자의 이야기를.

제미아는 두 세대의 부재 끝에 이곳에 돌아오는 첫번째 사람이다.

이 관문을 넘으면 그 골짜기에 닿게 될 것이다.

사기아 엘 함라

사기아 엘 함라가 골짜기라고 해서, 사암 지대에 움푹 패어 수려한 곡선을 이루고 있는 진짜 계곡을 기대하면 실망하기 십상이다.

우리는 골짜기에 들어가고 있음을 알아차리지 못한 채 사기아 엘 함라에 들어갔다. 마치 바람을 타고 미끄러지듯이.

가다 고원을 지나면서부터 느끼지 못할 만큼 서서히 표고(標高)에 대한 감각을 잃고 만 것이다. 땅의 기복도 점차 잦아들어 어쩌다가 협곡과 잔구(殘丘)가 간간이 보일 뿐이다.

이 계곡에서 우리를 놀라게 하는 것은 그 넉넉함이다. 눈에 보이는 가장자리도 없고 가파른 사면도 없다. 그저 땅의 잔잔한 파동과 구름처럼 윤곽이 선명치 않은 푸르스름한 곡선이 있을 뿐이다. 이내 물이 있음을 알리는 첫번째 징후가 나타난다. 그림자처럼 만져서 느낄 수 없는 거뭇거뭇한 반점, 바위에 달라붙은 이끼, 땅바닥에 붙어 사는 식물 등이 바로 그 징후이다. 물이 있는 곳은 냄새도 다르다는 느낌이 든다. 또, 너무 멀고 어렴풋해서 신기루로 착각할

지도 모를 나무들의 길게 늘어선 줄, 그것도 물이 있다는 표시다.

그런데 갑자기 진짜 물이 나타났다. 도로가 나면서 만들어진 둑 때문에 빗물의 흐름이 막히면서 상류가 아니라 하류에 있는 웅덩이들에 물이 고인 것이다. 땅이 이곳처럼 함몰된 것은 무슨 까닭일까? 이곳은 호수의 바닥이거나 지각의 어떤 격변 때문에 말라붙어버린 해협일 것이다.

웅덩이는 불도저로 파놓은 것이라서 흉물스럽게 각이 나 있다. 거기에 고인 물은 노란빛을 띤 초록빛이다. 흐르지 않는 진흙탕인데다가, 수백만 마리의 날벌레들이 부화하는 곳이기도 하지만, 어쨌거나 물은 물이다. 이 물에는 뭔가 음란한 구석이 있다. 주위의 모든 것들은 완전히 메말라 있는데, 땅의 상처 속에서 보란 듯이 알몸을 드러내고 있으니 말이다.

둑의 건너편에는 강바닥이 메말라 튼 살갗처럼 금이 가 있고, 비탈 쪽에는 잎이 두툼하고 가시가 많은 식물들이 달라붙어 있다.

지금 우리가 따라가고 있는 것은 아주 먼 옛날, 아프리카가 브라질과 한데 붙어 있었고 지중해는 보잘것없는 내륙호에 지나지 않았던 시대에 바다가 남겨 놓은 자취이다. 그 무렵에 대양은 지구 표면의 10분의 9를 차지하고 있었고, 산처럼 거대한 파도가 밀려와 가다 고원과 하마다 고원을 떠받치는 화강암에 부딪혀 부서지곤 했다. 그 비말이 증발하여 대륙처럼 큰 구름이 생겼고, 벼락이 떨어져 바위들이 산산조각나곤 했다. 그러다가 바닷물이 빠지면서 평원과 분지와 협곡들이 알몸을 드러냈다. 그 뒤로 오랜 세월이 지나, 지금으로부터 1만 년 전(지질학적인 시간의 척도로 보면 어제일 뿐이지만), 이미 사람들이 이 계곡들과 아프리카를 뒤덮고 있던 숲을 차지하여 살고 있던 터에, 어마어마한 폭풍우가 몰아쳤다. 이것은 어쩌면 지구가 뜨거워지는 시기가 오기 전에 하늘

이 마지막으로 땅을 한바탕 크게 씻어낸 것인지도 모른다.

대홍수 속에서 하늘과 땅이 뒤섞이고, 안티 아틀라스 산맥과 와르크지즈 산과 티리스 산이 물에 휩쓸렸다. 그러면서 진흙과 모래가 흘러 땅을 뒤덮고 사막이 시작되었다. 오늘날 땅 밑으로 은밀하게 흐르는 물, 스마라로 가는 길 근처에 불도저가 낸 상처 때문에 밖으로 드러난 물 역시 그 대홍수 때의 물이고 이 땅을 만든 장대비의 마지막 흔적이다.

사막의 유목민들이 전하는 이야기에 따르면, 사기아 엘 함라, 곧 ‘붉은 강’의 옛 이름은 사기아 엘 카드라, 곧 ‘푸른 강’이었다고 한다. 카르타고의 항해가 하논은 『대항해 Périple』라는 견문기에서 이 땅의 주민들을 에티오피아인들, 다시 말해 흑인종에 속하는 사람들이라고 말하고 있다. 사막으로 변하기 전, 사하라가 호가르 산에서 티리스 산에 이르기까지 영양(羚羊)과 가젤, 물소떼, 광활한 초원이 있는 땅이었을 때, 이곳 목숨붙이들의 모습을 바위에 남겨놓은 것이 바로 그들이다. 그러므로 이곳을 여행하는 사람은 세계에서 가장 오래된 유적지 중의 하나를 통과하는 것이고, 지구의 초기 거주민들, 곧 수렵 채집 생활자들과 기마 문명을 이룬 최초의 유목민들과 관개수로를 발명한 최초의 농경 생활자들이 만났던 장소를 지나가는 셈이다. 광물성의 고원을 지나 계곡 안으로 들어가면 갈수록, 다음과 같은 점이 더욱 분명해진다. 바로 여기, 대홍수의 여파로 생긴 이 골짜기에서 모든 것이 시작되었다. 요르단 강 유역의 단층에서, 리프트 밸리에서, 또는 북미의 리오 그란데 강 유역에서 모든 것이 시작되었던 것처럼, 바로 여기에서 인류 최초의 역사, 신앙, 정치 제도와 가족 제도, 기술적인 발명이 생겨났다.

인간의 뿌리는 높은 산이나 바닷가에 있는 것이 아니라 이곳과 같은 계곡에 있다. 물과 충적토가 모이는 이 거대한 모태에 인간이 나무처럼 뿌리를 내린 것이다.

어쩌면 대홍수가 있기 전의 사기아 엘 함라는 전설에서 이르는 것처럼 '엘 리 야드', 즉 풀밭으로 뒤덮이고 샘물이 졸졸 흐르는 낙원이었는지도 모른다. 그 랬는데, 신이 인간의 사악함과 간음에 빠지기 쉬운 성벽과 불경건함을 벌하기 위해 구름의 힘을 폭발시켰던 것은 아닐는지.

하지만 세상을 밝힌 위대한 문명은 낙원에서 생겨나지 않았다. 위대한 문명은 오히려 지구상에서 가장 살기 어렵고 기후 조건이 가장 나쁜 지역에서 출현했 다. 이를테면 이라크의 불타는 듯한 사막이나 소아시아, 유다 지방, 이집트, 수단에서. 또, 파미르 고원의 차디찬 고독 속에서, 페루와 멕시코 고원 지대의 혹독한 조건에서, 과테말라와 온두라스와 베닌의 밀림에서. 그렇다면 문명을 만든 것은 인간이 아니라 장소라고 볼 수도 있다. 마치 장소가 적대성을 드러 냄으로써 약하고 겁 많은 피조물들로 하여금 자기들의 집을 짓도록 강요하기 라도 한 것처럼 말이다. 사기아 엘 함라는 사람을 사람답게 만든 그런 장소들 가운데 하나다. 이 땅은 사막 속의 단층이며, 불타는 듯한 사막과 끝없이 적대 감을 드러내는 바다를 이어주는 길이다.

이유는 다르지만, JMG도 제미아처럼 아주 오래 전부터 이 골짜기에 올 수 있 는 날을 기다려왔다. 그는 이런 날이 오기를 늘 꿈꾸었던 것처럼 느끼고 있다. 어린 시절에 그는 이 골짜기의 이름을 알지 못했고, 시디 아흐메드 엘 아루시 나 마 엘 아이닌 족장에 대해서도 전혀 아는 바가 없었다. 하지만 그는 이 골 짜기와 그런 사람들이 존재한다는 것은 알고 있었고, 역사의 물줄기가 발원한 곳, 모든 것의 근본적인 내력을 설명해주는 곳이 있으리라고 믿었다.

그건 아마도 그의 독서에서 비롯되었을 것이다.

어린 시절에 그의 머릿속에는 허버트 조지 웰즈의 소설이 르네 카이에 (1799~1838. 프랑스의 여행가. 말리의 톰북투를 가장 먼저 찾아갔다―옮긴이)의 여행담이나 할머니 댁에서 『여행 신문 *Journal des voyages*』을 뒤적이며 읽은 보르누(차드 호 남서쪽의 수단 지역에 있었던 고대 제국. 1900년 프랑스군에 패하여 멸망―옮긴이) 제국·카노(나이지리아의 도시. 10세기에 성립되어 19세기 초까지 존속한 하우사 왕국의 수도―옮긴이)·니제르의 투아레그 족 등에 관한 르포 기사와 한데 뒤섞여 있었다. 열세 살 나던 해, JMG는 당시 아직 프랑스의 보호령이던 모로코를 여행하고 나서 일종의 모험소설을 썼다. 사막에서 온 백의의 족장이 프랑스군에 맞서 완강하게 저항하다가 중과부적으로 패배한 뒤 불복종 유목민들이 재집결해 있던 남쪽의 신비로운 고장으로 되돌아간다는 줄거리의 소설이었다.

소설 속의 그 고장이 바로 사기아 엘 함라였다. 얼마나 많은 프랑스 젊은이들이 이 최후의 접근 불가 지역에 들어오기를 꿈꾸었던가. 1887년 터키 사람으로 변장하고 들어와 몰래 견문기를 써서 그 종이를 자기 외투의 주름 사이에 숨겼던 카미유 두가 그랬고, 1930년 여자로 변장하고 들어왔다가 스마라의 허물어진 성벽을 촬영하려 했다는 이유로 죽은 미셸 비외샹주가 그랬다.

과거엔 이방인들이 다가가기가 그토록 어려웠던 이 고장에 이렇게 쉽게 들어올 수 있다는 걸 생각하면 격세지감이 없지 않다. 하지만, 지프가 있고 전자 표지가 있다 해도 사막은 여전히 가장 접근하기 어렵고 가장 신비로운 땅이다. 사막의 신비는 눈에 보이는 그 자연 속에 있다기보다 그 마력에, 인간의 이해를 초월하는 그 절대적인 비환원성에 있다.

에스파냐 작가 라몬 마이라타가 쓴 소설 『사막의 제국 *Imperio desierto*』의 한 등

장인물은 그토록 많은 유럽 여행자들에게 환상을 품게 했던 성도 스마라에 대해서 자못 인상적인 말을 하고 있다. 마 엘 아이닌 족장의 저택과 그의 자우야(묘소)와 회교 사원은 오늘날엔 한낱 "텅 빈 금고"일 뿐이라고. 거기에 들어 있던 보물은 이제 사라지고 없다. 그 보물이란 바로 엘 악바르 족장의 정신과 그의 말, 틀라미드(제자들)의 열성, 그의 축복과 주술, 레기바트·테크나·아루시 부족·울레드 부 스바·총의 부족 아헬 므다파 등 반란 부족들의 드높은 기상 등이었다. 그 보물은 이제 모래처럼 흩어져 협곡 속에, 우물 속에, 모래 언덕의 우묵한 곳에 자라는 떨기나무 위에 있다. 그것은 기억 속에, 인간의 기억뿐만 아니라 돌과 풀과 하늘과 바람의 기억 속에 있다.

누가 뭐라 해도 스마라는 여전히 우리로 하여금 꿈을 꾸게 한다.

마 엘 아이닌이 스마라를 건설한 곳은 사기아 엘 함라 골짜기가 셀루안이라는 와디와 합류하는 지점이다. 골짜기 전체를 굽어보는 그 거뭇한 돌출 지대에는 척박한 스텝말고는 아무것도 없다.

마 엘 아이닌은 프랑스군 장교들의 증언을 통해 종종 광신적인 범죄자로 소개되었지만, 사실은 문인이자 천문학자이자 철학자로서 당대에 가장 교양이 풍부했던 사람들 중의 하나였다.

그가 모로코와 모리타니아의 기독교인들을 몰아내기 위해 반란을 조직화하던 때에 스마라는 그 반란의 신경 중추 구실을 했다. 1887년에 울레드 델림의 한 지파와 함께 사기아 엘 함라를 지나갔던 카미유 두는 틴두프로 가는 길에서 마 엘 아이닌 족장을 만났다. 족장은 간단한 심문을 거쳐 그가 여행을 계속하도록 허락하였다. 아직 스마라를 건설하지 않았을 때였지만, 족장은 이미 그 시기에 사기아 엘 함라에 자리를 잡고 유목 부족들의 대표단을 만나 하나의

동맹을 이루도록 설득하고 있었던 터이다.

마 엘 아이닌 족장은 그의 전사들과 낙타들이 증기선 '베시르' 편으로 모가도르에 상륙하여 라윤 북쪽의 마르사 타르파야에서 재집결하는 동안, 술탄 물라이 압델라지즈를 만난 뒤에 마라케슈에 '자우야'를 짓고 육로를 이용하여 사하라로 돌아온다. 그후로 족장은 사기아 엘 함라 지역을 떠나지 않는다. 족장이 죽은 뒤 삼 년이 지난 1913년 2월 28일, 프랑스의 '무레' 부대는 리보이라트에서 프랑스군이 학살당한 것에 대한 보복으로 라그다프를 추격하러 나섰다가, 주민들이 떠나버린 스마라에 총 한 방 쏘지 않고 들어와서 대저택과 회교 사원에 불을 지르고는 모리타니아로 물러간다. 이렇듯이 스마라는 1890년 마 엘 아이닌이 건설한 뒤로 1930년 스페인 사람들이 점령할 때까지 사막 지역의 아프리카에서 가장 신비로운 도시였다.

마 엘 아이닌이 품었던 반란의 희망은 이제 가뭇없이 사라졌다. 골짜기를 굽어보던 성채는 폐허가 되어버렸고, 그 옆으로 주둔 부대의 병영이 들어섰다. 옛 성벽 위로 커다란 무선 안테나가 솟아 있다. 옛날 미셸 비외샹주는 낙타 가죽 천막이 밀집해 있는 넓은 거주 지역을 보았다 했지만, 이제 그 자리에는 블록으로 벽을 쌓고 하얀 돔으로 지붕을 한 가건물들이 대신 들어서 있다. '수크'라 불리는 시장에선 모로코 방방곡곡에서 온 상인들이 옷감과 식료품을 팔고 있다. 검은 돌로 지은 지방관청 건물이 도시 전체를 내려다보며 우뚝 솟아 있다. 직선으로 뻗은 대로와 보도가 있고 초목이 성기게 들어선 공원도 더러 보인다.

신비의 도시 스마라는 군 주둔지와 상업도시로 변하였다. 여느 군사도시처럼 거리에는 여자들이 너무 많고, 그녀들은 너무 예쁘고 화장이 너무 진하다. 회교 사원의 첨탑에서 저녁 기도 시간을 알리는 승려의 외침이 사막 위로 울려 퍼질 때 폐허가 된 궁전에 서리는 우수, 옛 신비의 자취는 그저 그 우수로만 남아 있는 것은 아닐지.

스마라를 나와 사기아 엘 함라 쪽으로 내려가노라니 한결 강한 다른 감동이 밀려온다. 마 엘 아이닌의 옛 성벽에 서린 영락의 우수와는 다른 일종의 흥분 같은 것이다. 더 오래되었음에도 더 새롭고 순수하며 영원히 젊음을 잃지 않을 것 같은 세계에 들어온 느낌이다. 사기아 엘 함라의 왼쪽 언덕에 오르면 곧바로 사막에 들어서게 된다. 뾰족하고 단단한 편암과 규석들이 곳곳에 흩어져 있고 노란색과 황갈색과 잿빛이 어우러진 사막이다. 돌더미 때문에 군데군데 끊겼다가 이어지는 땅, 바람 소리 소소한 모래 벌판에 해저 식물과 비슷하게 생긴 초목 덤불이 달라붙어 있다.

사기아 엘 함라는 눈에 보이지 않지만 실제로 존재하는 강이다. 우리는 그것이 존재한다는 것을 느낀다. 사기아 엘 함라는 땅속으로 흐르다가 용처럼 똬리를 풀고 솟아올라 샘이 되고 지류가 되어 흐른 다음 다시 땅속에 스며들어 똬리를 틀고 도사린다.

우리는 말라붙은 하상(河床) 위를 달린다.

20킬로미터가 넘는 너비로 넓게 퍼져서 500킬로미터 가까이 되는 길을 따라 물이 흐른다. 하나의 강으로 흐르는 것이 아니라 여러 가지 모양의 하천으로 흐른다. 물길들을 뜻하는 '사기에트'에서 나온 그 이름이 말해주듯이, 사기아 엘 함라의 물은 하나가 아니라 여럿이다. 광대한 사하라의 땅속을 흐르던 물이 이 골짜기에서 솟아올라 수많은 지류를 형성한다. 이 지류들은 이 계곡의 진정으로 살아 있는 존재들이다.

사기아 엘 함라는 지질학적이고 인문적인 소우주라 할 만하다. 소우주라는 말
이 너무 작은 세계를 뜻하는 것이 아니라면 말이다.

여러 곳에서 발원한 물이 함께 흐르는 이 계곡은 대지에 약 2만 킬로미터에 걸
친 골을 내며 바다에 이른다. 적도 아프리카를 적시는 천혜의 장강들과는 달
리 사기아 엘 함라는 서로 다른 문화들을 이어주는 역할을 하지 않는다. 사기
아 엘 함라는 유목 민족들을 융합하는 용광로이자 그들의 단결과 생존의 거점
이다. 이 계곡이 없었다면 그 어떤 것도 그들을 하나로 묶어주지 못했을 것이
다.

사기아 엘 함라에 들어설 때 우리를 사로잡은 느낌이 바로 그런 것이다. 눈에
보이지 않는 물이 흐르는 이 바다 밑바닥처럼 알몸을 드러낸 계곡은 하나의
독자적인 세계이다. 온갖 소요와 혁명, 그리고 현대전의 터무니없는 폭력에도
이 세계는 무너지지 않았다. 그건 아마도 이 계곡이 아무에게도 속하지 않고
오로지 저 혼자의 힘으로 존재하기 때문일 것이다.

사막을 벗어나 이 골짜기에 들어서니, 더욱이 현대 도시라고 하는 훨씬 혹독
한 사막을 떠나 이곳에 오니 묵상과 활력의 권역으로 들어온 느낌이 든다.

이 느낌을 달리 어떻게 형언할 수 있을까? 마치 이곳이 영원한 고향이라도 되
는 양 그토록 많은 민족이 잇달아 도래했던 까닭을 어떻게 설명할 수 있을까?
시디 아흐메드 엘 아루시, 시디 아흐메드 레기비, 시디 아흐메드 바보, 시디
엘 하지 하마르 라야, 시디 모하메드 엠바렉 등과 같은 사하라의 위대한 성인
들, 그리고 시디 아흐메드 엘 아루시 옆에 묻힌 부 스바 족의 '일곱 성인'을
따라, 마 엘 아이닌도 이 계곡에 자기 도시를 건설하기로 결정했고, 그 도시를
거점으로 침략자들의 군대에 저항하였다.

사기아 엘 함라는 성스러운 땅이다.

당연히 이곳에는 물이 있다.

사하라의 역사를 연구한 폴 마르티는 이렇게 기술하고 있다.

"고대 모리타니아인들은 사하라에 살러 왔을 때 두 가지 난관에 봉착하였다. 물이 귀하다는 점과 이동하기 어렵다는 점이 바로 그것이었다. 그들은 우물을 파서 첫번째 난관을 타개했고, 낙타를 이용하여 두번째 난관을 극복했다."

사기아 엘 함라에 있으면 그 귀하다는 물의 존재가 도처에서 느껴진다. 이건 신기루가 아니라 식물의 선을 그리고, 돌에 표적을 남긴 실제로 존재하는 물이다.

물은 땅에 틈이 벌어진 곳이면 어디서나 솟아나, 세난, 타우아, 라트미아, 아인 테르게트, 크네그 람라, 틴, 시디 모하메드 울드 브라힘의 무덤을 끼고 흐르는 라크샤이비, 시디 모하메드 엠바렉의 무덤을 가장자리에 두고 있는 메수아르 등과 같은 와디가 되고, 칸 사쿰 혹은 하마다에서 발원하여 와르크지즈 산맥 기슭을 돈 다음 시디 아흐메드 바보의 무덤 어름에서 사기아 엘 함라로 돌아오는 부 사쿰 같은 하천이 된다.

물과 성인은 밀접한 연관을 맺고 있다.

이 광대한 골짜기에는 우물과 샘만큼이나 많은 성인들이 있다.

오늘날과 같은 전쟁과 조소의 시대에도 이 골짜기에 들어오는 사람들은 신의 존재를 확신하게 된다. 이곳에서는 도처에서 물과 신을 느낄 수 있다. 이곳에서 걷고 있으면 땅거죽을 펄떡이게 하는 혈맥 위를 걷고 있다는 느낌이 든다.

어쩌면 불의와 폭력으로 얼룩진 인류의 역사는 물과 바람으로 새겨진 장소의 기억보다 무상한 것인지도 모른다. 그런 점에서 사기아 엘 함라야말로 역사의

원천이며 태초의 시간을 동시대적으로 느낄 수 있는 곳이다. 우리가 찾으러 온 것이 바로 그 시원의 자취가 아니던가?

달리 말하면 우리가 찾고자 한 것은, 태초의 숲과 비옥한 초원을 물에 잠기게 하면서 바위를 만들고 협곡을 팠던 대홍수의 자취, 그리고 그 대재난에서 살아남아 동굴 벽에 조각과 손자국을 남긴 타실리 산악 지대의 사람들, 누에르 족이나 딩카 족(누에르 족, 딩카 족 둘다 수단의 나일 강 유역에 사는 민족—옮긴이)처럼 키가 크고 살빛이 검은 사람들이다.

이 계곡에 가장 먼저 도래한 유목 민족은 북쪽의 베르베르인들인 렘타 족과 테크나 족이다. 전투에 능했던 그들은 지금으로부터 2천 년 전에 원주민의 동굴을 탈취하고 밀과 보리의 씨앗을 뿌렸다. 그 다음에 남쪽의 베르베르인들인 산하자 족이 왔다. 낙타를 모는 전사였던 이들은 11세기에 가축떼와 포로들을 앞세우고 새로운 목초지를 찾아 이동하면서 세네갈 강과 아틀라스 산맥을 잇는 길을 개척하였다. 그 길을 따라가던 중에 그들은 사기아 엘 함라라는 광대한 계곡을 발견하고 그곳에서 자기들의 서사시와 음악과 시를 만들어냈다.

1218년에는 예멘의 아랍 민족 마킬의 한 부족인 베니 하산이 사하라 사막의 북쪽을 가로질러 도래했다. 그들은 이슬람교를 가져왔고, 마라케슈와 왈라타 등지에 자기들의 성도를 건설하였다. 그들이 사기아 엘 함라의 초입에 건설한 또하나의 도시는 17세기에 족장 카리데나의 활동 거점이 되었는데, 200년 후에 마 엘 아이닌이 스마라를 건설한 곳이 바로 거기였을 것이다.

사기아 엘 함라의 역사는 아랍인들과 그 뒤를 이은 기독교인들에 대한 사막인들의 저항으로 점철되어 있다. 어떤 역사학자들이 주장하는 것처럼, 사기아 엘 함라를 거점으로 했다는 이슬람교도의 반란이 정말 있었을까?

13세기의 아랍 침략자들은 무장도 잘 되어 있고 전쟁 경험도 많았기 때문에 본격적인 전쟁보다는 약탈을 주로 하던 사하라 부족들을 아주 쉽게 제압했을 것이다. 그러나 정복의 역사에서 흔히 보듯이, 피정복민의 수가 정복자들보다 압도적으로 많았기 때문에 정복자들의 동화(同化)는 불가피했다. 500년 전, 대예언자 마호메트의 벗이자 알 모그랍의 초대 사제였던 오크바 벤 나피가 처음으로 포교를 한 이래 유목 부족들의 이슬람화가 착실하게 이루어지고 있던 터이므로, 아랍 정복자들은 더더욱 피정복민에 동화하지 않을 수 없었을 것이다.

그리하여 아랍인들의 법률보다 유목 부족들의 정치 조직이 우위에 놓였다. 아랍인들은 사하라의 법률과 관습, 계급 제도, 봉건제, 세제, '지마'라는 이름의 의결기구, 유목민들의 생활 방식 등을 이내 받아들여야 했다. 그 대신에 그들은 자기들의 언어 '하사니야'(사하라 지방의 아랍 방언—옮긴이)를 주고 문예에 관한 취향과 종교 연구를 전파했으며 지배적인 부족들을 대예언자의 맏딸과 결부시키는 계보를 꾸미는 것도 빼놓지 않았다.

이렇듯이 아랍인들의 동화는 필연적이었고, 사기아 엘 함라는 남쪽과 아틀라스 산맥에서 오는 유목민들의 집결지였으므로 그 동화를 돕는 문화의 용광로 구실을 했을 것이다.

베르베르인들은 17세기에 아랍인들을 상대로 마지막 전투를 벌였다. 비르 안자란 근처의 티즈니크, 특히 1694년 아랍인들이 레기바트 부족에게 패한 움 아바나 등이 주요 격전지였다. 결국 사막의 지배적인 부족들의 사회는 약탈과 게릴라전으로 살고 있던 터라 평화와 이슬람의 율법을 받아들일 수 없었던 거였다. 아랍인들이 이루어낸 것이 있다면, 그것은 오로지 신화와 전설 같은 것으로만 연결되어 있던 유목 부족들에게 종교적인 통일성을 부여했다는 것이다.

이상에서 보았듯이, 사막의 젖줄인 이 광대한 시원의 계곡에는 선사시대의 수렵 민족부터 학문과 시와 음악과 철학을 가져온 아랍인들에 이르기까지 많은 민족들이 잇달아 밀려왔다. 대양의 거친 물결로 에둘리고 북쪽의 비옥한 땅과 광활한 사막 사이에서 하나의 온전한 세계를 이루고 있는 이 계곡에서, 군데군데 팬 우물과 무수한 물길이 하나로 연결되어 수리(水利)의 가장 경이로운 형태를 실현하고 있는 이 기이한 수로망(水路網)에서 사막의 문명이 생성된 것이다.

지프가 시디 아흐메드 엘 아루시의 묘소를 향해서 계곡을 거슬러올라감에 따라 이상한 기분이 새록새록 밀려온다. 우리는 전에도 이런 기분을 느낀 적이 있다. 20년 전 미국 뉴멕시코 주의 알부퀘르퀘와 에스파뇰라 사이에 있는 리오 그란데 계곡에 다다랐을 때도 그랬을 것이다. 단층이 대지를 잘라 옛날엔 바다의 밑바닥이었던 고원의 두 사면을 벌려놓고 다른 지질시대의 동물들이 살던 자취를 드러내고 있는 그곳은 푸에블로 족 인디언들의 영토였다. 그들은 거기에서 농경을 개발했고 신화와 책력을 만들었으며, 북아메리카 사회의 소란에 아랑곳하지 않고 여전히 거기에 살고 있다.

정적 속에 굳어 있던 체이코 캐년에 갔을 때도 이런 기분을 느꼈던 듯하다. 아득한 옛날의 돌벽에서 인류가 도달할 수 있는 완벽함의 본보기처럼 아나사지(푸에블로 인디언들의 조상―옮긴이) 족 문명의 빛이 여전히 반짝이고 있던 그곳에서도.

15세기 말에 사기아 엘 함라에서 찬란하게 빛을 발했던 문명도 그에 못지 않은 힘을 지니고 있었다. 시디 아흐메드 엘 아루시가 사막의 백성들에게 이슬람의 교리를 가르치던 그 시절, 그가 믿고 의지할 것은 신앙뿐이었고 내세울 것은 황갈색 땅과 바위들뿐이었으며 명백한 것은 그 광막함과 고독뿐이었다.

그를 중심으로 산하자 부족 유목민들은 완벽한 문명의 형태를 만들어냈다. 오늘날에도 그들의 모범으로 남아 있는 그 문명은 성스러운 것과 속된 것, 신의 말씀과 인간적인 정의 사이의 균형에 바탕을 두고 있다. 그들은 물과 땅을 사랑했고 한곳에 머물지 않고 움직이는 것을 좋아했으며 우정과 명예와 관용을 숭상하였다. 그들이 가진 재산은 오로지 가축떼뿐이었다.

가다 고원을 지나올 때는 천막들도 보았고 길에서 낙타떼와도 마주쳤는데, 스마라와 라윤에서는 낙타들을 보지 못했다. 현대의 도시들은 더이상 이 동물들을 필요로 하지 않는다(자동차들이 붐비는 도로 한복판을 낙타들이 걷고 있다고 상상해보라). 그런데, 여기 이 계곡에서 우리는 다시 낙타들의 땅에 들어왔음을 깨닫는다. 우리는 또다른 차원의 세계에 들어와 있다.

여행을 떠날 때부터 우리가 목표로 삼고 나아왔던 것이 바로 이 새로운 차원의 세계라는 점이 분명해졌다. 여기 사기아 엘 함라에서 과거는 그냥 과거가 아니라 현재와 뒤섞인다. 마치 하나의 이미지에 다른 이미지가 포개어지고, 어떤 사람의 얼굴에 그를 낳은 이들의 용모가 겹쳐지듯이. 또는 어떤 신화의 표현들을 통해 진리가 드러날 수 있듯이.

돌과 덤불이 많은 평평하고 두두룩한 땅이 길게 뻗어 있다. 그 끝에 홀연히 시디 아흐메드 엘 아루시의 묘소가 나타난다. 묘소 주위의 고무나무와 가시덤불 사이로 하얀 입방체 모양의 건물들로 이루어진 마을이 보인다. 햇살에 빛나는 돌담 위로 비죽 솟아오른 무덤의 초록색 요철이 파란 하늘에 맞닿아 있다. 우

리는 이승에서 인간이 이루어야 할 가장 고귀한 임무는 '무형의 진리'를 깨닫
는 것이라고 설파한 이븐 엘 잘랄의 말씀을 떠올렸다.

묘소

나는 동쪽에서 오지도 않았고 서쪽에서 오지도 않았으며

바다에서 온 것도 아니고 땅에서 온 것도 아니다.

나는 물질도 아니고 영기(靈氣)도 아니며

원소들로 이루어지지도 않았다.

나는 존재하지 않는다.

나는 이승에도 저승에도 속해 있지 않다.

나는 아담의 후예도 이브의 후예도 아니며

그 누구의 후손도 아니다.

내 자리는 자리가 없고

내 자취는 자취가 없으며

내겐 육체도 영혼도 없다.

나는 신의 사랑을 받는 자에게 딸려 있다.

나는 두 세계가 하나로 결합되어 있는 것을 보았다.

한 세계와 다른 세계가, 바깥 세계와 안쪽 세계가

사람의 들숨과 날숨처럼 그냥 하나인 것을.

자랄 알-딘 루미, 『마스나위』, 1권

묘소에 다다르기에 앞서 커다란 원을 그리며 땅바닥에 놓여 있는 돌들이 우리
의 눈길을 끈다. 돌들이 둘러싸고 있는 자리는 정성스럽게 청소가 되어 있다.

바로 시디 아흐메드 엘 아루시가 자기 천막을 치곤 하던 자리이다. 그 주위에는 드넓은 사기아 엘 함라 계곡과 돌의 언덕, 나무, 다른 협곡들, 끝간데없이 펼쳐진 모래톱이 있다.

묘소와 인접한 마을은 이제 유목민의 야영지를 닮은 구석은 찾아볼 수가 없다. 천막도 낙타도 보이지 않는다. 그렇다고 붉은 흙벽과 영국 정원 같은 밀밭이 있는 아틀라스 산맥의 베르베르 마을들처럼 아담한 구석이 있는 것도 아니다.

이곳은 휑하고 투박하며, 눈을 찌르는 흰색이 주조를 이루고 있다. 집들의 벽은 흙으로 지어 석회를 발랐거나 시멘트 블록으로 지어졌고, 지붕은 양철로 되어 있다. 메마른 풍광 때문이라기보다 그 궁핍과 검약에 목이 멘다. 주민들이 이따금씩 눈에 띈다. 가무잡잡한 구릿빛 얼굴에서 눈과 이가 반짝거리는 날씬한 아이들, 쪽빛의 길고 헐렁한 옷을 입은 여인들. 묘소에 인접한 좁은 골짜기에서는 검은 염소 한떼가 쓰레기를 뜯어먹고 있다. 유목민의 야영지라기보다는 미국 애리조나 주의 첼리 캐넌 어름에 있는 나바호 족 인디언들의 마을을 보는 듯하다.

우리는 철책문을 밀고 묘소 안으로 들어갔다. 내부는 천장만 없을 뿐 하나의 방처럼 되어 있다. 성벽의 총안(銃眼)처럼 요철을 이룬 벽에는 연녹색 타일을 붙여놓았고 윗부분에는 석회를 발라놓았다.

이내 어떤 감동이 밀려온다. 묘석 여덟 개가 단단하게 다져진 땅에 서 있고, 모래에 연석처럼 박힌 납작한 돌들이 마치 석관을 열어놓은 것처럼 시신 여덟 구의 형체를 그리고 있다. 티즈니트에 있는 마 엘 아이닌의 묘소도 이와 비슷하지만, 전자는 현대적이고 이것은 아주 오래되었다는 점이 다르다. 티즈니트

묘소

에 있는 마 엘 아이닌의 묘석은 네모 반듯하고 반들반들하며 그 새김글의 서체가 미려하다. 또 묘소의 바닥에는 카펫이 깔려 있고 벽에는 휘장이 걸려 있다. 어슴푸레한 빛 속에서 반란 족장 마 엘 아이닌의 무덤은 어떤 왕후의 무덤처럼 보인다.

시디 아흐메드 엘 아루시의 무덤과 그 둘레의 다른 일곱 무덤은 시간의 심연 속에서 불쑥 튀어나온 듯한 느낌을 준다. 그리고 그것들을 둘러싸고 있는 네 벽은 500년 전의 땅을 마치 낯선 행성의 한 조각처럼 외따로 격리시켜놓고 고스란히 지켜주고 있는 듯하다.

경건하고 엄숙한 분위기가 우리를 휘감으며 우리의 마음을 서늘하게 한다. 티즈니트에서처럼 우리는 신비로운 기운이 서린 고즈넉한 장소에 들어와 있다. 하지만 이곳에서 우리는 다른 분위기, 다른 언어를 느낀다.

그것은 돌 때문이다.

묘석들은 검은 얼룩 무늬가 밴 짙은 갈색이며 삐죽삐죽 솟은 가장자리에는 날이 서 있다. 수세기 동안 바람을 맞은 탓인지, 아니면 땅이 움직여 간격을 좁힌 탓인지 묘석들은 조금 비스듬하게 땅에 박혀 있다.

여기 이 묘소에서는 묘석들이 말을 하고 분위기를 지배한다.

묘석 하나는 사람 하나를 상징한다.

묘소 한복판에 가장 높이 서 있는 묘석은 검은 사암으로 된 도끼처럼 생겼는데, 그 표면에는 옆으로 기울어진 가는 서체로 글이 새겨져 있다. 시디 아흐메드 엘 아루시의 '디크르', 곧 기도문이다. 그의 무덤은 길고 좁다랗다. 아마도 단식으로 수척해진 그의 호리호리한 몸이 그런 모습이었으리라. 무덤 가장자리에 기도용 융단이 놓여 있다. 그 융단은 그의 것일 리가 없다. 별로 오래되지 않은데다가 청홍의 아라베스크 무늬로 꾸민 품이 너무 화려하다. 그 융단 때문에 묘소 한가운데에 텅 빈 자리가 생긴 느낌이다. 진흙을 이겨 발라놓은 묘소 가장자리는 비바람이 할퀸 자국으로 울퉁불퉁하다.

무덤 발치 쪽에는 양가죽이 하나 펼쳐져 있다. 순례자들이 무릎을 꿇고 경배를 드릴 수 있도록 하기 위한 것이다.

시디 아흐메드 주위에는 아루시 부족을 도와 함께 싸웠던 부 스바 부족의 일곱 전사들이 묻혀 있다. 무덤들은 한 기(基)만 빼면 모두 이슬람의 성도 메카를 향해 머리를 두고 있다.

무덤 위로 펼쳐진 짙푸른 하늘을 배경으로 묘소 벽 꼭대기의 요철이 새하얀 층층대처럼 두드러져 보인다. 무덤들이 햇살을 받아 밝게 빛나고 묘석들의 그림자가 시간의 흐름을 따라 천천히 움직인다. 밤이 되면 별빛이 묘소 내부를 적셔 햇볕에 덴 상처를 어루만져주리라.

여기에서 발산되는 기운은 어쩌면 이 햇빛과 별빛에서 온 것인지도 모른다. 무덤 속에 묻힌 이들은 사람들의 기억 속에 살아 있다. 그들은 사람들 가까이에 있다. 세월이 그들 위로 흘러간다. 빗물이 모래 위로 흘러가듯이. 그들은 태양의 열기를 느낀다.

네 벽은 그들을 가두지 않는다. 그들은 하늘로, 구름으로, 밤으로 열려 있다. 그들은 보고 숨쉬며 이토록 길고 고된 삶 속에 아직 존재한다.

묘소에서 멀지 않은 곳에 시디 아흐메드 엘 아루시의 마을과 하루하루를 근근이 이어가는 일상의 삶이 있다. 집들은 계곡 가장자리 끝의 돌이 많은 비탈로 조금 물러나 있다. 어떤 흙집들은 아코마의 푸에블로 족 인디언들이나 주니 족, 지아 족 인디언들의 집과 비슷하다. 창문이 없는 내향적인 집들이 여남은 채 보인다. 아마 더 멀리에는 땅의 기복에 가려진 다른 집들이 있을 것이다. 마을 앞쪽에 자리한 묘소는 아루시 족이 다니던 길에서 가장 북쪽에 있는 요새라 할 만하다.

1천 킬로미터 남쪽의 티즈니크 산 기슭에 있는 하시 두모스라는 우물이 아루시 족 이동로의 최남단을 이룬다. 여기 묘소 옆에서 그들은 마킬 족 아랍인들에 맞서 전투를 벌였고, '세바투 리잘', 즉 시디 아흐메드 엘 아루시 옆에 묻힌 부 스바 족의 일곱 전사들이 그들을 도왔다. 그 역사가 수세기를 건너뛰어 돌연 우리 앞으로 다가드니 현기증이 나고 눈이 부시다.

하늘은 너무 광활하고 땅은 그저 덧없는 통로일 뿐이다.

우리는 묘소에서 나오다가 제미아의 사촌인 시드 브라힘 살렘을 만났다. 그를 보니 시디 아흐메드 엘 아루시의 모습을 상상할 수 있을 듯하다. 나이는 쉰 살쯤 되었고, 1미터 80이 넘는 큰 키에 몸이 야위었으며, 떡 벌어진 어깨에 손이 기름하고 발이 크며 얼굴이 거무스름한 남자. 그리고 흰색의 커다란 터번. 자세가 아주 곧아서 옛 전사의 기품을 느끼게 한다. 다만 오른쪽 다리를 절기 때문에 걸음걸이가 온전치 못하다. 그의 얼굴은 그 날카로운 윤곽과 끝을 자른 턱수염, 그리고 무엇보다 힘과 열의가 담긴 그 형형한 눈빛 때문에 옛날 사막을 주름잡던 사나이들의 전설을 생각나게 한다. 초면의 수인사가 끝나자 그는 우리에게 진심 어린 환대의 뜻을 나타낸다. 그는 제미아처럼 아루시 부족의 한 가계인 칼리파 가문 사람이다. 족장인 그는 다른 남자들이 구름을 좇아 가축을 몰고 남쪽으로 내려가 있는 동안 묘소를 지킨다. 그가 우리를 데려간 곳은 좁은 골짜기를 사이에 두고 묘소와 떨어져 있는 너덜겅 끝의 코란 학교이다. 아이들이 호기심에 찬 눈을 반짝이며 달려왔다. 몇몇 어른들이 멀찍이 떨어져서 우리를 바라보고 있다.

학교는 벽에 석회를 바른 커다란 방이다. 단단하게 다져진 흙바닥에 두툼한 융단이 깔려 있고 푹신한 방석들이 벽에 기대어져 있다. 부 메흐디 가문의 한 후손과 시드 브라힘 살렘의 조카라는 젊은이, 부 마디안 가문의 후손이라는 살빛이 아주 검은 남자 등 부족의 다른 구성원들이 시드 브라힘 살렘 족장 주위에 앉았다. 우리의 안내자 역할을 하는 무어인이 스스로 차 끓이는 일을 맡는다. 사하라에서는 물이 귀하기 때문에 찻잔이 술잔처럼 작고, 차를 아주 진하게 마신다. 박하를 넣지 않은 쌉쌀하고 톱톱한 차다. 안내자는 자기 잔에 차를 따라 맛을 보고는 더 우러나게 잠시 그대로 둔다. 이 메마른 고장에서는 잔에 차 따르는 소리만 들어도 벌써 기분이 좋아진다. 카미유 두라는 사막의 여행자도 매번의 여정을 끝내고 노독에 지쳐 있을 때마다 이 소리를 음미했을까? 그도 시디 아흐메드 엘 아루시의 무덤에서 멀지 않은 이곳에 천막을 치고 밤을 보내지 않았을까?

JMG는 시드 브라힘 살렘과 이야기를 나누어보려고 하지만, 언어의 장벽 때문에 대화가 어려워진다. 제미아는 하사니야 말을 알아듣는 데 어려움을 느끼지 않는다. 그녀가 어렸을 적에 그녀의 어머니는 그 말을 곧잘 쓰곤 했다. 어린 딸이 모로코에서 사용되는 아랍 방언과는 사뭇 다른 그 언어의 울림에 익숙해지기를 바랐기 때문이었다. JMG는 시디 아흐메드 엘 아루시에 관해서, 그의 삶과 말과 글에 관해서, 그가 행한 기적에 대해서, 또 그가 페스와 메크네스에서 어떻게 자랐고 어떤 교육을 받았는지 등에 대해서 듣고 싶어했다.

시디 아흐메드 엘 아루시는 신앙심이 남다른 아이였다. 어느 날 그의 스승 라흐만 부 달리가 학동들 앞에서 "땅이 제 스스로 흔들릴 때"라는 말로 시작되는 코란의 〈지진〉이라는 장을 읽고 있었다. 스승은 다음 두 시행에 학동들의 주의를 집중시켰다.

티끌만큼이라도 선을 행한 자는 그것을 보게 되리라.
티끌만큼이라도 악을 행한 자 역시 그것을 보게 되리라.

그러자 어린 시디 아흐메드는 자리에서 일어나 나가버렸다. 스승은 깊은 생각에 잠긴 사람처럼 바닥을 내려다보면서 한동안 침묵을 지켰다. 다른 학동들이 스승에게 물었다.

"선생님, 우리의 동학이 왜 나가버린 거지요? 그를 나무라셔야 되는 것 아닌가요?"

스승의 대답은 이러하였다.

"누구든 저 아이를 괴롭히는 자는 불길에 휩싸이는 화를 면치 못할 것이다. 저 아이는 성인(聖人)이니라."

그런 전설의 두런거림이 우리가 앉아 있는 방 안을 가득 채우고 있다.

밖에는 햇살이 설핏해지고 구름장이 하늘을 덮는다. 아이들은 집들 사이로 뛰어다니고 멀리서 염소떼의 울음소리가 들린다.

시디 아흐메드가 성년이 되었을 무렵, 그의 명성이 도처로 퍼져나가자 튀니스의 총독이 그것을 시샘하였다. 총독은 자기의 권위를 무색하게 만드는 그 젊은이를 죽이기로 결심했다. 그러던 차에, 총독이 탐을 내며 억지로 데려가려던 처녀를 시디 아흐메드가 자기 집에 맞아들였다는 소문이 들려왔다. 총독은 깊은 구덩이를 파게 하고 벌건 잉걸불로 그곳을 가득 채웠다. 곧 불구덩이에

내던져질 운명에 처한 시디 아흐메드는 갇혀 있던 감옥에서 시 한 수를 낭송했다. 그러자 다음과 같은 세속적인 시행들이 그의 목소리를 통해 홀연 예언의 울림을 얻게 되었다.

　오 법률과 심판을 주관하는 왕이시여
　당신은 돌에 돌을 포개어 이 묘혈을 만들려고 하십니다.
　하지만 당신이 들고 있는 그 돌을 다른 돌에 얹기 전에
　신께서 내게 문을 열어주실지니.

바로 그때, 정령 하나가 나타나(혹자는 그것이 정령이 아니라 그의 스승 라흐만 부 달리였다고 한다), 가죽 허리띠를 잡고 그를 허공으로 들어올렸다. 정령이 그를 데리고 사막 위를 날던 중에 그의 허리띠가 끊어져 그는 사기아 엘 함라 골짜기의 트베일라라는 바위에 떨어졌다. 시디 아흐메드는 계곡에 머물기로 결심하고 여기에서 사막의 백성들을 개종시키고 아루시 부족을 세웠다.
제미아의 어머니는 그 이야기와 함께 시디 아흐메드 엘 아루시가 행한 기적들에 관한 전설도 들려주곤 했다. 그럴 때 어머니는 그 모든 이야기가 전설이 아니라 실제로 있었던 일인 것처럼 말했다. 어머니가 들려준 것 중에는 깨진 물동이 이야기도 있었다. 참으로 소박하고 아름다운 전설이다.

　어느 날 시디 아흐메드는 길을 가다가 우물가에서 울고 있는 여인을 만났다. 그가 여인에게 그토록 슬퍼하는 까닭이 무엇인지 묻자, 여인은 땅바닥에 놓인 깨진 물동이를 가리키며 대답했다.

"물동이가 이렇게 되어서 집에 물을 길어 갈 수가 없어요."

그러자 시디 아흐메드가 그녀에게 말했다.

"이제 울지 말고 네 물동이에 물을 길어 집으로 돌아가거라."

여인은 놀란 기색을 보이다가 이내 성인이 이르는 대로 했다. 그녀가 물을 가득 채우고 보니 물동이에 금이 나 있는데도 물이 전혀 새지 않고 그대로 남아 있었다.

또 하루는 시디 아흐메드가 땅바닥에 엎드린 낙타 옆에서 비탄에 잠겨 있는 남자를 만났다. 남자는 시디 아흐메드를 보고 이렇게 푸념하였다.

"제 낙타가 몹쓸 병에 걸렸어요. 쯧쯧, 이 녀석은 곧 죽게 될 거예요. 저는 어떡하면 좋죠? 가진 재산이라곤 이 낙타밖에 없는데."

그 말을 들은 시디 아흐메드가 낙타에 손을 대자 낙타는 즉시 병이 나아 다시 일어섰다.

시드 브라힘 살렘은 위의 두 이야기가 정말로 전해져오고 있다고 인정했다. JMG는 그런 이야기들을 좋아한다. 물을 포도주로 변하게 하고 눈먼 사람을 고친 예수의 기적처럼 일상생활에서 일어난 기적들을 말하고 있기 때문이다. 우리는 학교 안의 시원한 공기를 느끼며 융단과 방석 위에 다리를 쭉 뻗고 앉아 잔에 차 따르는 소리를 듣고, 주인이니까 당연히 그래야 한다는 듯이 문 옆에 조금 떨어져서 책상다리를 하고 앉아 있는 시드 브라힘 살렘의 실루엣을 바라본다. 시디 아흐메드 엘 아루시가 아직 여기 우리들 속에 있기라도 한 것처럼 그의 존재가 느껴진다.

시드 브라힘 살렘은 자기가 직접 목격한 기적 하나를 이야기한다.

그의 소년 시절, 에스파냐 사람들이 사하라를 점령하고 있던 때의 일이었다. 어느 날 에스파냐 병사 하나가 마을에 왔다. 대접이 소홀한 것에 불만을 품었는지 아니면 술김에 그랬는지 그는 권총을 꺼내어 묘소의 벽에 대고 방아쇠를 당겼다.

바로 그날 에스파냐 병사는 갑자기 병이 났다. 안면의 경련 때문에 그의 얼굴이 잔뜩 일그러졌지만 그 무엇으로도 그의 고통을 달랠 수가 없었다(그 대목에서 시드 브라힘 살렘은 병사의 찡그린 얼굴을 흉내낸다). 그후 병사는 에스파냐의 고향으로 돌아가 그 병을 치료하려고 몇 년 동안 이 의사 저 의사를 찾아 다녔지만 아무 소용이 없었다. 세월이 흘러 그 사건이 아루시 부족 사람들의 기억에서 지워져가고 있던 어느 날, 그 병사가 다시 마을에 나타났다. 그는 묘소 앞에 무릎을 꿇고 앉아 회개하는 사람처럼 머리를 조아리며 시디 아흐메드의 자비를 애원했다. 바로 그 순간 안면 근육의 마비가 풀리면서 그의 병이 나았다.

시드 브라힘 살렘은 시디 아흐메드 엘 아루시가 비를 좋아서 자기 백성들을 이끌고 티즈니크 산맥 너머의 다클라 남동쪽에 있는 비르 안자란이라는 우물과 두모스라는 우물까지 갔던 여정에 대해서도 이야기했다.

시드 브라힘 살렘은 아루시 부족과 동맹을 맺었던 부족들의 이름을 길게 나열했다. 낙타 부족 아이트 지말, 구름 부족 아헬 무즈나, 그리고 톰북투에서 틴두프까지 사하라 사막을 자유롭게 오갔던 모든 부족들의 다음과 같은 이름들을.

아이트 바 암란

아헬 바리크 알라

레기바트 사헬

테크나

울레드 델림

울레드 티드라린

아헬 셰이크 마 엘 아이닌

자르기인

아이트 무사 우 알리

아이트 라흐센

울레드 부 스바

아헬 모하메드 살렘

아주아피트

스부야

아이트 브라힘

야구트

수아드

보히아트

울레드 탈레브

라미아르

그들은 모두 어떻게 되었을까?

하얀 집의 기다란 방, 햇볕이 들지 않아 선선하고 향수를 뿌려놓은 듯 향그러운 냄새까지 나는 방에 들어와, 방석에 몸을 기대고 융단에 앉아 다른 시대, 다른 세계의 사람들과 이야기를 나누는 기분이란……

숱한 전쟁과 기아와 가뭄에도 불구하고 이 사람들에게 힘을 갖게 하는 끈끈한 연대의식이 어렴풋하게나마 감지되는 듯하다.

다른 사람들이 이야기를 하며 쌉쌀한 차를 마시는 동안 시드 브라힘 살렘 족장은 차를 사양하고 여전히 조금 떨어져 앉아 있다. 500년 전에 시디 아흐메드가 천막에서 사는 모습이 이러했을 것이다. 대륙처럼 광대한 계곡을 따라서 가축들을 몰고 가는 행진이 매일 아침 시작되곤 했을 것이다. 끊임없이 오가지 않으면 안 되는 그 길들을 따라서 출생, 결혼, 축제, 전투, 죽음 등 삶과 역사의 모든 사건들이 아로새겨졌으리라.

태양은 더욱 설핏하게 기울어간다. 사기아 엘 함라 골짜기에 서린 아주 안온하고 그윽한 분위기가 집 안으로 밀려든다. 밖에서 뛰어노는 아이들의 새된 외침 사이로 묘소 옆 좁은 골짜기로부터 올라오는 털북숭이 염소들의 울음소리가 섞여든다.

여기 이 사람들은 아주 적은 것을 가지고 삶을 영위해간다. 이들의 삶에 비하면 우리는 뭐 하나 부족한 것 없이 골고루 갖춰진 고장에서 온 사람들이다. 우리는 어떤 나라에서 왔는가? 물이 풍부하고 과일도 채소도 부족하지 않으며, 아이들에게 새옷을 입히고 노트와 갖가지 색깔의 볼펜과 장난감과 텔레비전을 주는 나라. 의사가 주민 500명당 한 사람씩 있고 예방 접종과 종합병원이 있으며, 더이상 어떤 아이도 백일해나 후두 카타르나 홍역 따위로 죽는 일이 없는 나라. 크롬 도금한 수도꼭지에서 콸콸 나오는 깨끗한 물처럼 미래가 반짝이는 나라. 기아 때문에 배가 부풀어오른다거나 이질 때문에 살갗과 머리털이 까칠해지는 일이 없는 나라. 이들의 삶은 그런 나라에서 온 우리에게 많은 것을 생각하게 한다.

사하라, 이는 단지 석양의 아름다움과 모래 언덕의 육감적인 구불거림과 신기루를 좇는 대상(隊商)들의 고장인 것만은 아니다. 사하라는 생활 수준이 세계에서 가장 낮으며, 유아사망률이 세계에서 가장 높은(선진 공업국들의 경우 1천 명당 1명 미만인 데 반해서 1천 명당 35명꼴) 고장, 우물물이 너무 써서 연수(軟水)인 빗물을 더 좋아하는 고장이기도 하다.

사막에 산다는 것, 그것은 단지 거칠고 냉엄하고 혹독한 세계와 비슷해지는 것이 아니다. 그런 것은 불요불굴의 청의(靑衣) 전사에게나 어울리는 전설이다. 그들은 온도가 50도를 넘고 습도가 달 표면과 비슷한 땅에서 살아남을 수 있고, 아무런 표지가 없어도 하늘과 별을 바라보면서 길을 찾을 수 있으며, 아득하게 먼 곳에서도 조약돌 하나를 식별할 수 있는 사람들이다. 말하자면 자기들이 살고 있는 세계처럼 용감하고 너그러우면서도 냉혹한 사람들이다.

사막에 산다는 것, 그것은 절제하며 간소하게 사는 것이고, 태양의 열기를 견디는 법과 온종일 물 한 모금 안 마시고 갈증을 참아내는 법, 열병과 이질에 신음하지 않고 살아남는 법을 배우는 것이며, 기다리는 법과 설령 양의 고기는 남들이 다 먹고 뼈에 힘줄과 가죽만 달랑 남는 한이 있더라도 남보다 나중에 먹는 법을 배우는 것이고, 두려움과 고통과 이기심을 극복하는 법을 배우는 것이다.

또 사막에 산다는 건 어쩌다 스마라나 라윤이나 아가디르 같은 큰 도시에 구경을 나가서는 자기들이 남과 다르다는 것, 마치 다른 종류의 사람들 같다는 것을 깨닫는 것이다.

하지만 사막에 산다는 건 결국 세계는 바다나 빙산처럼 광활하다는 것과 그 세계의 가장 아름답고도 가장 혹독한 장소들 중의 한 곳에서 사는 삶을 배우는 것이다.

사막은 그 무엇도 사람을 한 자리에 붙잡아두지 않는 곳이며, 어둠에 묻혀 있던 돌멩이들을 환하게 비추는 새벽빛처럼, 아침부터 해거름의 마지막 순간까지 기세를 누그러뜨리지 않는 태양의 열기처럼 모든 것이 날마다 새로운 곳이다. 또 사막은 삶과 죽음의 경계가 너무나 덧없이 무너지는 곳이기도 하다. 단순한 낙오나 부주의만으로도, 혹은 돌덩이들 위로 부는 열풍의 광기가 조금만 지나쳐도 대지가 우리를 저버리고 뒤덮어 무(無)로 되돌릴 수 있기 때문이다.

우리는 마치 수피즘의 스승 알 마지눈처럼 아이들에게 둘러싸여 협곡 가장자리의 묘소가 있는 곳까지 걸어간다. 염소들은 아직 협곡의 그늘 속에 있다. 아이들은 JMG에게 자기들의 보물을 가져다 주고 그 대신에 약간의 동전을 받는다. 그 동전으로 아이들은 과자와 콜라를 사고 플라스틱 장난감을 살 것이다.

아이들이 가져다 준 것은 저희가 가진 것 중에서도 정말 보물이 될 만한 것들이다. 눈처럼 하얀 천연 수정 덩어리가 있는가 하면 바람에 마모된 규석과 깨진 암모나이트 화석도 있다. 시디 아흐메드 엘 아루시의 묘소로 오던 길에 제미아는 어떤 거대한 고대 생물의 식후 잔해처럼 땅에 흩어져 있는 화석 더미를 발견한 바 있다.

그러나 사막의 진짜 보물은 아이들의 눈이다. 검은 구릿빛 얼굴에서 빛나는 황갈색 또는 검은색의 그 눈들 말이다. 아이들의 미소도 눈빛만큼이나 밝고 환하다. 아이들이 미소를 지을 때면 늙은 염소의 뼈에 달라붙은 질긴 고기라도 뜯어낼 수 있을 법한 크고 단단한 앞니가 벌쭉 드러난다.

아트만, 하산, 엘 바샤, 이 사막의 아이들은 유구한 역사의 계승자들이다. 이들은 풍요로운 것이라고는 시간과 모래밖에 없는 여기 이 계곡에서 살아야 할 임무를 부여받았다.

우리의 딸들에 생각이 미친다. 그 아이들 역시 이 땅의 한 부분에 대해서 상속자가 될 자격이 있다. 하지만 자기가 알지 못하는 땅을 되찾을 수는 없지 않은가? 설령 그럴 수 있다 해도 그 땅에서 한낱 이미지가 아닌 다른 어떤 것을 발견할 수 있을까?

제미아의 조부모와 부모는 북쪽의 기름진 평야를 향해 사기아 엘 함라를 떠났다. 처음엔 타루단트와 마라케슈 쪽으로, 그 다음엔 물과 일거리와 상점이 있는 대도시로. 그 떠남은 다시 돌아올 희망을 품지 않은 결연한 출향이었다. 그들이 돌투성이 언덕 하나를 넘어가자, 묘소의 하얀 입방체 같은 건물과 천막들과 가축들이 그들의 시야에서 사라졌고 아이들의 아우성과 기도 시간을 알리는 외침과 여인들의 음성이 더이상 들리지 않았다. 그들은 용기를 잃지 않으려고 뒤를 돌아보지 않고 걸었다.

그렇게 그들은 이곳을 떠나갔다.

프랑수아라는 이름을 가진 JMG의 조상이 어느 날 블라베 강 하구의 로리앙 항을 떠나 인도양의 모리셔스 섬으로 출발하는 범선 '인도의 전령'을 타고 모험을 떠났다가 영영 돌아오지 않았던 것처럼.

서로 다른 점이 많은 두 가계의 후손이 서로 만나 하나로 결합하여, 오랫동안

망설인 끝에 이렇게 사기아 엘 함라라는 메마른 골짜기에 와서 이 협곡 가장
자리의 이 묘소 옆에 서기까지는 얼마나 기이한 우연이 작용한 것이랴!

JMG의 주위에서 놀고 있는 아이들이 보기에 그는 그저 잠시 머물렀다 떠나가
는 이방인일 뿐이다(관광객도 아니다. 그 말은 이곳에선 아무 의미가 없기 때
문이다). 그는 햇볕에 살갗이 벗겨지고 휘몰아치는 바람에 비
틀거리는 하얀 유령 같은 존재이다.

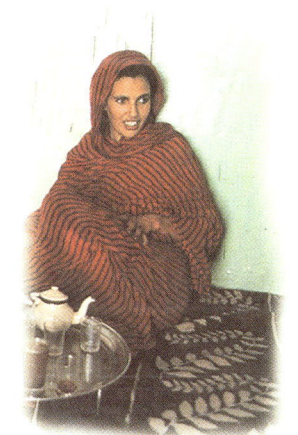

그래도 그는 제미아 덕분에 여기 이 사람들과 관계가 있는 사
람으로 받아들여진다. 친척이나 인척이 아니라—자동차와 비
행기, 비축된 금과 전파망을 가진 산업사회에 전적으로 의존
하고 있는 그가 이들에게 무슨 도움을 줄 수 있으랴?—, 창백
한 뜨내기로 말이다. 그는 마알렘(장색)도 못 되고 하르타니
(무법자)도 못 된다. 비록 덧없고 하찮고 꺼림한 것이기는 하
지만 다른 세계의 인류가 이들과 닮은 점이 있다는 것을 보여
주는 불안정한 그림자, 미래의 불확실성을 감지할 수 있게 하
는 하나의 기호일 뿐이다.

시드 브라힘 살렘의 아내인 부하Bouha의 집은 마을 초입의 스마라 쪽에서 오
는 길 가장자리에 있다. 집 안에는 그녀의 조카가 있다. 라윤에서 일하는 청년
이다.

마을의 여자들은 대단히 아름답다. 제미아를 맞아들이기 위해서 그녀들은 갖
가지 빛깔의 기다란 모슬린 옷을 입었다. 부하는 붉은색과 검은색 줄무늬가
들어간 가벼운 천의 헐렁한 옷을 입고 있다.

그녀의 집은 윤택한 느낌을 준다. 사방 벽에 회칠을 새로 해놓았고, 제미아를

맞아들인 커다란 방은 연분홍색과 초록색 페인트가 칠해져 있다. 방바닥에 깔린 융단도 새것이다. 빨강과 검정의 기하학적 무늬로 장식된 두꺼운 융단이다.

그래도 전체적으로 보면 코란 학교의 방만큼이나 간소하다. 가구는 없고, 벽에 기대어놓은 방석들과 영국식 다기(茶器)며 작은 잔들이 놓인 쟁반이 보일 뿐이다.

집안에 정겹고 화목한 분위기가 가득하다. 이 평화로움은 그 어떤 안락함보다 값지다. 이 집 역시 다른 집들처럼 창문이 없고 서쪽을 등지고 있다. 문은 붉은 천의 커튼으로 가려져 있다. 집의 양 옆면을 갈라놓는 테라스는 시멘트로 되어 있고 그 한복판에는 좁은 도랑이 있다. 집에 담 같은 것은 없다. 집 전체가 사막을 향해 활짝 열려 있는 셈이다. 그래서 바람이 더 세게 불면 마당에서 씽씽거리는 바람 소리가 들릴 것이며 여자들의 긴 옷이 펄럭이고 아이들의 눈에 모래가 들어갈 것이다.

여자들이 있는 큰 방은 시원하고 아늑하다.

마을 남자들의 대다수는 멀리 나가 있다. 그들은 스마라나 라윤이나 다클라 같은 외지에서 일을 하거나 가축들을 몰고 남쪽의 두모스까지 간다. 그래서 마을을 지키고 아이들을 돌보고 뜰을 가꾸고 저녁에 집짐승들을 우리에 가두는 일은 여자들의 몫이다.

사하라의 여인들은 자유롭고 독립적이다. 그녀들은 너울을 쓰지 않는다. 단지 바람이 많이 부는 곳을 지나갈 때 멕시코 여인들이 그러듯이 길게 늘어진 옷자락을 얼굴로 가져갈 뿐이다.

그녀들의 옷은 더할 나위 없이 우아하다. 인도 여인들의 사리 같은 옷(그 화려한 빛깔의 옷감은 봄베이에서 직접 수입된다)을 입은 그녀들의 모습은 위풍당당하면서도 수줍다. 그녀들은 사막의 황막함 속에서 새들처럼 환하게 빛난다. 아마도 사막을 살아 있게 만드는 것은 그녀들일 것이다. 그녀들이 없었다면 바람이 모든 것을 휩쓸어가고 우물이 묻히고 작물이 타버리고 발자취가 모래에 덮이고 가축들은 공포에 떨었을 것이다. 그녀들이 없었다면, 남자들은 모래 속으로 사라졌을 것이고 계곡은 그저 혹독한 염천 아래 놓인 솥이 되고 말았을 것이다.

유럽인으로서 가장 먼저 이곳에 들어왔던 사람들(지난 세기의 카미유 두와 에스파냐 사람 카로 바로하, 마누엘 물레로 클레멘테)은 여인들에게 냉혹함과 매력이 함께 있음을 보고 놀랐다. 특히 카미유 두는 서 사하라 여인들이 여행 중에 길에서 아이를 낳고는 금방 일어나서 대상(隊商)의 행보를 늦추지 않고 다시 길을 떠날 수 있을 만큼 강인했다는 점을 이야기하고 있다.

비르 안자란이나 두모스 같은 오아시스에서 그녀들은 노래와 춤으로 축제에 흥을 불어넣곤 했다. 그런가 하면, 그녀들은 아주 잔인한 태도를 보일 줄도 알았다. 카미유 두의 억류 생활 초기에 그를 노예로 만들고 개처럼 다루면서 가장 잔인하게 모욕했던 사람들이 바로 그녀들이었다. 하지만 남자들이 그를 받아들였을 때, 그 젊은 모험가는 그녀들 중 하나에게서 위안을 구했다. 결국 그 여인은 그와 결혼하고 싶어했고, 그는 터키에 지참금(지참금은 보통 여자가 시집갈 때 친정에서 가지고 가는 돈이지만, 아프리카의 일부 나라에서는 남자가 결혼 전에 미래의 신부집에 재물이나 용역을 제공한다―옮긴이)을 구하러 간다는 핑계를 대고 달아나야만 했다.

사막의 혼, 그것은 소총으로 무장하고 낙타에 올라탄 전사나 지프를 타고 다

니며 카라슈니코프 자동소총을 쏘는 게릴라가 아니다. 사막의 혼은 마을을 지키고 불을 보존하고 손으로 땅을 파서 물의 비밀을 드러내는 여인들이다. 하늘거리는 긴 옷을 입은 몸의 곡선은 세상에서 가장 오래된 풍경과 잘 어울린다. 그녀들 눈의 흰자위, 그녀들의 보석, 그녀들의 상아처럼 하얀 이에는 사막의 광채가 어려 있다. 그녀들의 목소리와 웃음소리는 이 정적의 땅을 울리는 음악이다. 옷 위로 몸을 감싸는 네모난 천, 곧 '하이크'의 파란빛이 오래된 청동 같은 그녀들의 살빛에 섞여든다.

사하라의 여인들은 모든 것을 준다. 그녀들은 아이들에게 사막의 교훈을 전수한다. 불손과 무질서를 용인하지 않고, 땅의 이치를 존중하며 신비한 힘과 기도와 정성과 인내를 중요하게 여기는 사막의 가르침을. 사막의 문명이 아직 한껏 위력을 떨치며 존재하던 무렵(그건 오래 전 일이 아니다. 금세기 초까지도 그러했으니까 말이다)에는, 톰북투, 왈라타, 아타르, 싱게티 등과 같은 큰 오아시스들이 똑같은 열정과 똑같은 신앙으로 환하게 빛났다. 대상들이 낙타 등에 소금과 식량과 무기를 싣고 노예들과 함께 한자리에 모이면, 야영장 한복판에서 음악 소리가 일고 서사시와 설화와 사랑 노래가 사람들의 감동을 자아내곤 했다.

하지만 거기에 모인 전사들에게 활력을 불어넣은 것은 여인들이었다. 전설의 중심에는 여인들이 있었다. 그녀들은 구음과 팔찌 부딪히는 소리로 남자들의 노래에 장단을 맞추었고, 그윽한 향기로 여행자들을 취하게 했다. 야영장의 일렁이는 불빛 속에서 남자들은 여인들의 반짝이는 옷과 손짓과 낭창낭창 움직이는 허리를 보았다. 여로에 지치고 볕에 그을린 남자들은 사막의 돌과 같았다. 그들의 눈빛은 그들이 지니고 다니는 단검의 날처럼 날카로웠다. 그러나 사하라의 여인들은 모래 언덕의 부드러움과 바람에 깎인 사암 같은 원만함, 바다 물결이나 유동하는 언덕 같은 융통성을 지니고 있었다. 또 그녀들에게는 사막의 물을 닮은 자애로움이 있었다.

우리는 집 앞에서 부하의 막내딸을 보고, 시디 아흐메드 엘 아루시가 만났다는 여인, 즉 깨진 물동이 옆에서 울고 있었다는 그 여인을 생각했다. 전설에서는 그녀의 이름도 나이도 말하고 있지 않지만, 우리는 그녀가 부하의 막내딸처럼 나이는 열세 살쯤 되고 몸이 야위었으며 살빛은 검고 이마가 고집스러워 보이며 베르베르인 특유의 야성적인 느낌을 주었을 거라고 상상한다. 또 전설 속의 여인은 부하의 막내딸처럼 먼지투성이의 원피스 차림으로 염소들을 돌보는 여자였을 것이다. 그리고 모두의 숭앙을 받던 그 성인은 그녀의 모습을 보자마자 가던 길을 멈추었고, 그녀를 위해 기적을 행한 거였다. 물방울이 찬란한 무지개로 변하여 하늘에 걸려 있는 것처럼 깨진 물동이에 물이 그대로 남아 있게 하는 기적을. 500년 전 그 일이 일어났던 곳이 바로 여기, 협곡에서 멀지 않은 이 돌투성이 땅이다. 문득 그런 기적이 다시 일어날 수 있을 것 같은 느낌이 들었다. 그럴 만큼 모든 것이 전설 속의 모습 그대로 남아 있었다. 그 의구(依舊)는 여인들의 힘 덕택이다. 의식(儀式)의 몸짓처럼 영원하고 유장하며 부드러우면서도 억센 그녀들의 몸짓 덕분인 것이다.

JMG는 제미아가 여인들과 나누는 이야기와 웃음소리에 귀를 기울였다. 그녀들은 눈길과 마음과 생각을 서로 주고받았고, 보석이며 너울 따위를 서로 바

꿰서 껴보고 써보고 하였다. 해거름이 다 되었는데도 태양의 열기는 수그러들 줄 모른다. 그녀들은 작은 잔에 씁쌀한 차를 가득가득 따라 마시며 계속 이야기를 나눈다. 차 따르는 소리, 그것은 사람들을 꿈꾸게 하고 시간의 장벽과 차이를 허물어뜨리는 음악이다. 멀지 않은 곳에 시디 아흐메드 엘 아루시의 묘소가 있다. 차 따르는 소리, 여인들의 말소리, 이따금 와르르 터져나오는 웃음소리가 거기까지 울려서 그곳의 견고한 정적을 누그러뜨릴 듯하다. 음식 냄새가 마을 곳곳에서 피어난다. 준비가 다 되자 남자들이 와서 음식을 함께 먹는다. 커다란 접시에 담긴 '버터'에 저마다 입술을 적신다. 그들이 '버터'라고 부르는 그것은 염소의 비계를 녹여 만든 부드러운 크림이다. 옛날에 이곳에 왔던 여행자 비외샹주는 가엾게도 그 크림에 구역질을 느꼈다고 한다.

거기에 생각이 미치자 우리 시대와 멀면서도 가까운 또다른 시대를 다시 살고 있다는 느낌이 든다.

우리는 마을에서 나이가 마흔 살쯤 된 움 부이바라는 여인을 만났다. 그녀를 바라보고 있으니 제미아의 어머니를 보고 있다는 느낌이 든다. 어머니와는 다르게 산 이모뻘 되는 여인을 만난 듯하다. 어쩌면 그렇게까지 닮을 수 있는지 놀랍기 그지없다. 광대뼈가 넓게 도드라진 얼굴, 타타르 사람이나 몽골 사람 같은 느낌을 주는 어떤 것, 넓은 이마, 완전한 활 모양을 이룬 눈썹, 똑같은 미소, 검은 눈의 날카로운 광채. 거기에다 볕에 그을린 크고 억센 손이며 목소리, 말투, 솔직하면서도 신중한 그 태도까지도 비슷했다. 제미아의 어머니에게는 언제나 그런 종류의 자연스러운 기품이 있었다. 움 부이바를 보면서 우리는 어머니의 그런 기품이 사막의 여인들에게서 온 것임을 깨달았다.

움 부이바는 제미아를 꼭 껴안는다. 마치 잃어버렸던 사람을 다시 만난 것처

럼, 예전에 알고 지내던 사람이 멀리 떠났다가 예정된 대로 다시 돌아오기라
도 한 것처럼.

한 번도 만나본 적은 없지만 삼촌이나 이모처럼 우리와 비슷하게 생긴 어떤
사람이 세계의 끝에 있는 어떤 계곡에서 우리를 기다리고 있다면, 거기로 가
는 것은 진정한 귀환이 된다.

트베일라 바위

우리는 오후 한시쯤 그곳에 다다랐다. 지프가 모래 속에 빠져버려서 걸어서 길을 계속 가야 했다. 우리는 한 모래 언덕의 아랫자락에 있었다. 그곳에서는 바위가 보이지 않았다. 시드 브라힘 살렘 족장은 앞에서 걷고 있었다. 그는 다리를 절면서도 모래 벌판에서는 우리보다 빨리 걸었다. 마치 미끄러져 가고 있는 듯했다.

우리 주위에서 사기아 엘 함라의 모습이 홀연 사라졌다. 컴컴한 협곡들과 눈사태가 밀고 지나간 듯한 황톳빛 모랫길, 그리고 이따금씩 초목 덤불과 메마른 떨기나무들과 몇 그루의 고무나무가 보일 뿐이었다.

지프가 모래에 빠지기 전까지 우리는 바다처럼, 또는 한쪽 지평선에서 다른쪽 지평선까지 이어진 백사장처럼 광활해 보이는 평원을 달려왔다. 거의 흰색으로 보일 만큼 밝아서 눈이 부시고 길을 가늠할 수 없게 하는 모래 벌판이었다. 만일 족장이 없었다면 우리는 수도 없이 길을 잃고 헤맸을 것이다. 족장은 막내아들을 무릎에 앉히고 지프의 앞좌석에 앉아 있었다. 족장의 아들은 "왼쪽으로요, 좀더 왼쪽으로요, 오른쪽으로요, 더 오른쪽으로" 하면서 조금 안달이 난 손짓으로 길을 일러주곤 했다. 모래의 빛깔이나 기복, 경사 등 우리가 이해하지 못하는 어떤 미세한 것들로 해서 바퀴가 굴러가야 할 길이 보이는 모양이었다. 그건 마치 모래톱이나 뾰족한 암초나 출구가 없는 협곡 등 많은 함정이 숨겨져 있는 강물 위로 배를 저어 가는 것과 비슷했다.

우리는 아마도 북서쪽으로 달렸을 것이다. 한 시간 남짓 달렸지만, 우리에게
는 아주 긴 시간처럼 느껴졌다. 모래로 된 강물에서 물살에 휩쓸려 떠가는 느
낌이었다.

우리는 그토록 고독감이 짙게 서려 있는 장소를 가본 적이 없다. 바다에서는
물의 색조와 해류와 파도의 움직임이 시간의 흐름을 느끼게 해준다. 그러나
여기 이 모래 벌판에서는 어떤 경계도 느껴지지 않고 어느 것도 눈에 띄지 않
는다. 오로지 사막의 풍경에 익숙해진 사람들만이 미묘한 차이를 파악할 수
있고 사소한 기미를 포착할 수 있으며 덧없는 그림자나 건듯 스치는 바람결을
느낄 수 있다. 시드 브라힘의 무릎에 앉은 아이를 바라보면서, 우리는 그 아이
가 벌써 이 달 표면 같은 세계에 대해서 많은 것을 알고 있다고 생각했다. 그
아이가 알고 있는 것을 이방의 여행자는 결코 배울 수 없을 것 같았다.

모래 비탈의 꼭대기에 올라서자, 바람이 훅 끼쳐오고, 붉은 사암 절벽으로 서
쪽이 막힌 넓은 평원이 나타났다. 우리가 찾던 바위가 눈에 들어온다.

바위는 하나가 아니라 둘이다. 아니, 땅에서 돌로 된 두 개의 형상이 돌출해
있다고 하는 게 낫겠다. 오른편에는 무덤처럼 둥그렇게 마모된, 한쪽이 잘려
나간 돌덩이가 있다. 왼편에는 좁은 쪽을 바닥에 댄 채 균형을 유지하고 있는
거대한 사암 바위가 있다. 마치 이물을 남쪽으로 돌리고 있는 배처럼 보인다.
시드 브라힘 살렘은 커다란 검은 외투를 바람에 휘날리며 걸음을 재촉하여 멀
찍이 우리를 앞서간다. 바람이 끊이지 않고 불어와 평원의 돌 위에서 신음 소
리를 낸다.

우리가 다가갈수록 바위는 실제 크기를 드러내면서 웅장한 느낌을 준다. 바위
아래, 우리가 다다른 남쪽 비탈에는 원을 그리며 모래에 박혀 있는 돌들과 검

은 사암으로 된 비석이 있다. 아마도 성인의 제자 하나가 다녀간 흔적이리라. 그 비석을 제외하면 사람의 자취는 전혀 보이지 않는다. 구름이 줄무늬를 수놓은 하늘 아래 베이지색, 황토색, 분홍색의 모래와 돌로 이루어진 사막이 까마득히 펼쳐져 있을 뿐이다. 고요하기가 이루 말할 수 없다. 속삭임이나 노래, 곤충의 붕붕거림 등 그 어떤 생명의 소리도 들리지 않는다. 그저 때로는 돌에 부딪혀 새된 소리를 내기도 하고 때로는 거의 느껴지지 않을 만큼 약하게 부는 바람이 있을 뿐이다.

시디 아흐메드 엘 아루시의 마을에서는 이야기 소리, 외쳐 부르는 소리, 아이들의 웃음소리, 염소들의 단속적인 발소리 등을 들을 수 있었는데, 여기 바위 근처에 오니 만물이 삶과 죽음 사이에서 정지해버린 듯 아무것도 움직이지 않는 다른 세계, 우주와 영원을 향한 관측기지에 들어온 느낌이다.

트베일라, 이 신비로운 바위에 대해서 옛날의 여행자들은 마치 어떤 비밀을 말하듯이 이야기하곤 했다. 금세기 초에 프랑스의 탐험가들이 기록한 전설에 따르면, 어떤 정령이 시디 아흐메드 엘 아루시를 튀니스 또는 마라케슈로부터 허공으로 들어올렸다가 다시 땅에 내려놓았던 곳이 바로 여기다. 영국의 사학자 호지스와 패저니터의 『서 사하라 역사 사전』에 수록된 한 전설에는 '신비의 기둥'에 관한 이야기가 나온다. 모래 속에 반쯤 파묻힌 운석의 잔해인 듯한 그 돌기둥이 사막의 성자에게 은신처가 되어주었다는 것이다.

아닌게아니라 트베일라 앞에 서면 그것이 운석이 아닐까 하는 생각을 갖게 된다. 우주에서 날아온 것이 아니라면, 모래와 규석의 조각들로 이루어진 평원의 한복판에 어떻게 이런 거대한 바위가 올 수 있었겠는가?

그게 아니라면, 이 바위는 어떤 재난의 증거가 아닐까? 지금으로부터 1만 년

전에 사기아 엘 함라 골짜기를 휩쓸었던 그 폭풍우가 모든 언덕을 깎아내리면서 진흙의 강물 속에 밀어넣었던 이 거대한 돌덩이가 물이 빠지면서 여기에 남겨진 것이 아닐까?

우리는 족장의 뒤를 따라 바위 아래에 다다랐다.

바위의 남쪽 면에 높은 사닥다리 하나가 기대어져 있다. 고르지 않은 두 개의 나무 기둥에 못과 밧줄로 발판들을 고정시킨 사닥다리다. 그것이 바로 순례자들이 바위 꼭대기에 오르기 위해 이용하는 길인 셈이다.

제미아는 시드 브라힘 살렘에게 성인의 발자국과 손자국이 바위에 남아 있다는 게 사실인지 묻는다. 족장은 그렇다고 대답한다. 그러나 족장은 우리와 동행할 수가 없다. 그의 아픈 다리로는 바위를 오를 수 없기 때문이다. 그 대신에 그는 제미아에게 조심하라고 당부한다. "올라가기는 쉬워도 내려오기는 쉽지 않다"는 것이다. 그는 바람에 옷자락을 휘날리며 바위 앞에 서 있다. 그의 막내아들도 그의 곁에 남아 모래 장난을 하며 논다.

바위의 남서쪽 부분에서 한쪽 자락이 깨져나가, 그 낙반이 평원에 돌무더기를 이루어놓았다. 족장의 설명은 이러하다.

"'트브루리' 때문이에요. 오래 전, 내가 아직 어렸을 때, 우박이 섞인 천둥비가 심하게 쏟아진 적이 있어요. 그때 번개가 트베일라에 떨어져서 한 덩어리가 크게 깨져나간 거지요."

시드 브라힘 살렘은 그 돌더미에서 멀지 않은, 바위의 우묵한 곳을 제미아에게 가리켜 보인다. 바위에 기호들이 새겨져 있다. 바람과 햇볕이 미치지 않는 거뭇한 바위 표면에 가늘고 단아한 서체로 새겨진 글자들이다.

"시디 아흐메드 엘 아루시의 제자들 이름입니다. 모두 그분의 가르침을 받기 위해서 해를 거듭하여 왔던 사람들이지요."

바위의 벽은 윗부분이 앞으로 돌출해 있다. 바로 그 자리에 매일 아침 성인이 등을 곧게 펴고 앉아 제자들과 이야기를 나누었을 것 같은 생각이 든다. 그 자리에서 내려다보이는 땅바닥에는 돌이 치워져 있다. 500년 전부터 이 땅의 유목민들은 시디 아흐메드의 아직 살아 있는 말씀을 듣고 그분의 은총을 받기 위해 바람과 햇볕이 덜 미치는 바위 아래에 와서 앉곤 했다. 바위의 한 면에 창문 같은 구멍이 나 있다. 순례자들은 축복을 받기 위해 그 구멍에 머리를 들이민다.

바위의 벽 여기저기에 매끈매끈한 자리가 있다. 우리를 제외한 다른 사람들은 거기에 손바닥을 대었다가 그 손으로 자기들의 얼굴을 문지른다. 바위는 미지근하며 빛살에 떨고 있다.

해는 중천에 떠 있다. 이제부터 해는 하늘의 다른쪽 사면으로 내려갈 것이다. 이 돌로 된 배의 고물 쪽으로, 대양을 향해서.

트베일라는 운석도 아니고 현무암 덩어리도 아니다. 이것은 마치 바다 깊은 곳에서 솟아오른 암초처럼 모래에 구멍이 나고 화석에 갉아먹힌 거대한 사암 덩어리일 뿐이다. 사기아 엘 함라는 아마도 바다가 사하라의 화강암 받침에 와서 부딪히던 시절에 해저 물살에 팬 거대한 골짜기일 것이다. 그렇다면, 이렇게 마모되고 씻긴 풍경을 만든 것은 바다이다. 제3기 말에 서서히 솟아오른 고원만을 남겨두고 바다가 모든 것을 휩쓸어간 것이다.

바다는 물러가면서 케스타에서 떨어져나온 이 거대한 바위를 증거로 남겼고, 이 증거물은 그 밑바닥부터 바람과 천둥비에 쓸리고 결빙과 열과 번개에 부서져왔다.

이건 한낱 바위일 뿐이다.

그러나 트베일라라는 이름으로 불릴 때는 하나의 표상이자 유물이며 하나의 사원, 하나의 모스크이자 한 민족의 탄생지이다.

사닥다리는 허술하고 불안정하다. 가로로 댄 나무들은 상자를 짤 때 쓰는 보통의 널빤지들이다. 예전에 에스파냐 사람들이 빌라 시스네로스의 상점들을 위해 가져오곤 했던 그 목재 말이다. 시드 브라힘 살렘은 그 사닥다리가 있어서 요즈음에는 바위에 오르기가 한결 수월하다고 오히려 자랑스럽게 말한다. 우리가 보기에는 그가 사닥다리를 지나치게 신뢰하고 있다는 생각이 드는데도 말이다.

"내가 어렸을 때는 저 통나무말고는 타고 올라갈 게 없었어요."

아닌게아니라 멀지 않은 곳에 바위에 기대어놓은 통나무 하나가 보인다. 사이프러스처럼 보이는 잿빛의 바싹 마른 나무다. 목재가 귀한 고장에서 길이가 5, 6미터나 되는 그런 통나무를 어디에서 구했는지 궁금하지 않을 수 없다. 그럴 법한 가정은 아닐는지 모르지만, 혹시 시디 아흐메드 엘 아루시가 바위에 오르내리는 데 사용했던 것이 바로 저 통나무는 아니었을지.

가파른 암벽에 기대어놓은 사닥다리는 어딘가 푸에블로 인디언들이 의식을 거행할 때 사용하는 사닥다리와 비슷한 점이 있다. '키바'(북미 푸에블로 인디언의 땅속 예배장—옮긴이)의 입구에서 나와 하늘의 중심으로 통하는 것처럼 보이는 그 사닥다리 말이다.

바위의 꼭대기에 다다르자, 그야말로 바람과 빛의 세계로 갑자기 솟아오른 듯한 느낌이 든다. 바람과 빛이 엄습하여 우리를 숨막히게 하고 눈을 뜰 수 없게 한다. 우리는 마치 동굴에서 갓 나온 새와 같다.

바람은 서쪽 절벽 양편의 골짜기에서 올라온다. 모래 벌판과 대양의 힘이 바람을 후원하고 있다. 처음 바위를 보았을 때 우리는 배를 떠올렸다. 여기 꼭대기에 올라오니, 난바다의 사나운 바람에 떼밀리는 배의 갑판에 올라온 느낌이 든다. 진짜 항해와 다른 점이 있다면 우리 주위의 모든 것이 움직이지 않고 있다는 것이다. 우리는 현기증과 빛 때문에 서 있을 수가 없다. JMG는 풍경의 구석구석을 살피고 지평선을 따라 천천히 맴을 돌면서 풍경의 단편 하나하나를 사진에 담았으면 좋겠다고 생각한다.

바위의 등은 비탈이 져 있다. 뱃머리 쪽이 그 비탈의 오르막이다. 바위의 등은 고물 쪽이 더 넓다. 거기에는 갑판의 구조물을 연상시키는 울퉁불퉁한 기복이 있다. 무어인 안내자는 바위에 찍힌 성인의 자취를 찾는다. 고물 쪽의 조종실에 해당하는 바위 가장자리에 그가 찾는 자취가 있다. 바위에 난 두 개의 구멍이 모래로 덮여 있다. 그것이 시디 아흐메드 엘 아루시의 발자국이다. 그 발자국 앞에는 나지막한 담 같은 것이 있다. 그 부분의 돌은 비바람을 많이 맞았는지 여기저기 구멍이 나서 숫제 레이스처럼 되어버렸다. 나지막한 담의 꼭대기에는 두 개의 홈이 패어 보면대를 연상케 한다. 아마도 성인은 해 뜨는 쪽을 향한 채 거기에 손을 올려놓고 기도를 올렸을 것이다.

우리는 차례차례 돌아가면서 그 발자국에 우리의 발을 대본다. 그런데 가장 먼저 시도한 JMG가 몸의 균형을 잃고 바람에 비틀거린다. 안내자는 그 까닭을 깨닫지 못한 채 자기도 해보겠다고 나선다. 그 역시 서툴기는 마찬가지다. 그러자 제미아의 사촌이 어떻게 하는 것인지 우리에게 보여준다. 그는 본능적으로 그것을 깨달은 듯했다. 그는 상체를 곧추세우고 말의 등자에 발을 올려놓듯이 다리를 벌려 발자국에 발을 댄다. 그러자 그의 손은 자연스럽게 보면

대의 홈에 놓인다.

반천 년의 시차를 두고 시디 아흐메드 엘 아루시의 후손 하나가 처음으로 사기아 엘 함라에 와서 트베일라 바위 꼭대기에 올라 조상의 자세를 되찾아낸 것이다. 시디 아흐메드는 바로 그런 자세로 서 있었을 것이다. 시드 브라힘 살렘 족장처럼 커다란 외투를 바람에 휘날리며 볕에 그을린 얼굴에 키가 크고 야윈 모습으로 말이다. 아마도 해 뜰 무렵이면 그는 메카 쪽을 향한 채 바람과 피로를 이기기 위해 발을 굳게 딛고 서서 가슴 높이로 들어올린 손에 흑단 묵주를 들고 일출을 지켜보곤 했을 것이다.

우리는 그와 함께 있고 그가 보았던 것을 보고 있다. 그의 시대에도 계곡은 오늘날과 다름없이 광대하고 휑했을 것이며 명상하기에 적합한 장소였을 것이다. 어쩌면 당시에는 서쪽에서 남동쪽으로 검은 나무들의 선을 그리다가 모래 속으로 가뭇없이 사라지는 아랫녘의 강 쪽으로 가구수가 30호쯤 되는 마을이 하나 있었을지도 모른다. 밀과 보리를 심은 밭과 콜로신트와 고무나무들도 있었을지 모르고.

오늘날엔 바위 꼭대기에 있는 발자국과 비석을 둥그렇게 에워싸고 있는 돌들, 검은 암벽에 새겨진 이름들말고는 아무것도 남아 있는 게 없다. 사람의 존재를 알리는 다른 자취들은 모두 사라져버렸다.

자동차들이 지나가면서 남긴 바퀴 자국들이 보인다. 군대의 정찰대가 남긴 자국이 아니라면 순례자들의 자취일 것이다. 그 자취들 위로 바람이 쉴새없이 불어오면 그것들도 곧 사라지리라. 이곳에서는 성인의 눈길말고는 무엇이든다 무상하다.

우리는 바위 꼭대기에 웅크리고 앉아 성인이 살아생전에 보았던 것을 그대로 보고 있다. 아스라이 펼쳐진 모래와 돌의 평원을.

서쪽에는 절벽 같기도 하고 배에서 본 해안 같기도 한 거뭇한 언덕이 사기아 엘 함라를 가르고 있다. 모래 평원은 이 볕에 그을린 사암 절벽에 닿아 자취를 감춘다.

북쪽으로는 깊이 팬 밝은 빛깔의 모래 골짜기가 지평선까지 펼쳐져 있다. 그리고 트베일라 바위를 하나가 아닌 두 개의 바위가 되게 하는 거뭇한 돌덩이도 보인다.

동쪽, 곧 스마라 쪽으로는 노독에 지친 대상의 행렬처럼 구부정한 관목들이 땅속의 물을 따라 길게 늘어선 곳을 향해 고원이 내리달리고 있다. 그리고 먼 해안선처럼 모래 언덕들 위로 드리운 길고 거뭇한 띠들, 그늘진 골짜기들, 어렴풋한 언덕들, 사기아 엘 함라 계곡을 이리저리 가로지르는 협곡들도 보인다. 협곡의 그늘 속에는 무인 우주탐사선 바이킹 호의 카메라가 화성에서 전해온 사진 속의 그 신비로운 돌과 비슷하게 생긴 돌들이 널려 있다. 소시지처럼 기다란 그 생김새 때문에 천문학자들이 유명한 자동차 소음기 상표명을 따서 '미다스'라 명명한 돌도 보이는 듯하다.

사기아 엘 함라 계곡을 세세한 부분까지 속속들이 알아내면서 그 풍광에 흠씬 젖어들고, 계곡의 변용과 그 빛깔의 미세한 변화를 헤아리다 보면, 또 서쪽 하늘의 새털구름과 남쪽의 양떼구름, 동쪽의 그늘진 땅 위로 번져가는 희끄무레한 반점 등 이러저러한 구름들을 살피다 보면 며칠, 몇 달, 아니 몇 년이라도 보낼 수 있을 것 같다는 생각이 든다.

유목민이 정착민(곧, 도시인)과 다른 점은 항해하는 뱃사람이나 빙산 위의 에스키모처럼, 다른 사람들은 허공밖에 보지 못하는 곳에서 아주 작은 변화도 식별해내고 그 다채로운 변화에 경탄하는 능력을 지니고 있다는 것이다.

여기 사기아 엘 함라에는 우리가 배워야 할 것이 모두 다 있다.

시디 아흐메드의 시선은 이곳 도처에 있다. 그의 눈길은 계곡을 환하게 비추고, 돌맹이 하나하나 보잘것없는 관목 하나하나에서 진동하며, 잔잔하게 흐르는 지평선을 환희에 차서 따라간다.

지금 우리를 떼밀고 있는 이 바람은 그로 하여금 트베일라 꼭대기에서 나지막한 돌담에 기대도록 그에게 몰아쳐왔던 바로 그 바람이다. 그는 이 바위 위에서 얼마나 많은 세월을 보냈을까? 그 세월 동안 그가 맨발로 딛고 있던 자리를 바람과 비가 자꾸자꾸 파들어갔으리라. 마치 백사장에 서 있으면 물결이 들어왔다 나갔다 하면서 발 밑의 모래를 조금씩 조금씩 파들어가듯이.

이곳은 그의 영토였지만, 그는 찬란한 기념물을 짓지 않았고, 사원도 궁궐도 성벽도 세우게 하지 않았다. 그의 힘은 사막에 있었고, 그의 눈길과 의지에 있었다. 그는 아루시 부족에게 이 계곡을 주어 그들의 고향, 그들의 길, 그들의 묘지로 삼게 했다. 그리고 그는 그들의 곁을 떠난 적이 없었다.

우리는 보고 듣고 숨쉬면서 되도록 오랫동안 바위 위에 머물렀다. 계곡에서 불어오는 바람이 바위 구멍에서 휘파람 소리를 낸다. 바위는 비록 폭탄처럼 쏟아지는 모래 알갱이에 조금 더 깎이고, 폭염과 결빙이 갈마들고 벼락이 떨어지면서 이곳저곳이 부서지기는 하겠지만, 천 년, 아니 만 년이 지나도 여기에 이대로 있을 것이다.

바위 아래쪽에는 바람이 그리 세지 않다. 간헐적으로 돌풍이 몰아쳐올 뿐이

다. 우리는 모래 언덕도 협곡도 보이지 않는 땅바닥으로 다시 내려와 바위 주위를 둘러보며 걷는다. 우리는 어떤 자취를 찾고 있는 것일까? 우리는 그렇게까지 징표와 증거를 필요로 하는 걸까?

하지만 우리가 찾아낸 것은 아무것도 없다. 계곡은 시디 아흐메드 엘 아루시가 바랐던 대로 우상숭배의 빌미를 전혀 주지 않는다. 그저 이 바위와 모래 벌판, 멀리 떨어진 거뭇한 절벽, 감춰진 물의 굴곡, 구름의 자취가 지워진 하늘이 있을 뿐이다.

시디 아흐메드 엘 아루시는 이 돌망루 꼭대기에서 무엇을 바라보았을까? 시드 브라힘 살렘은 하늘의 '쉬리야', 곧 황소좌 일곱 별이 뜨는 자리를 가리켰다. 그곳은 바로 메카가 있는 쪽이다. 유목민들은 그들 특유의 예리한 눈으로 황소좌의 일곱번째 별을 식별할 수 있다. 그들은 그 별을 '시런'이라고 부른다.

시디 아흐메드는 밤마다 바위 꼭대기에서 별이 총총한 하늘을 올려다보았을 것이다. 그가 보았던 하늘이 어떠했을지 상상하기는 어렵지 않다. 그는 별들의 운행을 관찰하여 어떤 책에 기록을 했을지도 모른다. 아비센이라는 이름으로 알려진 이븐 시나와 아베로에스라는 이름으로 알려진 이븐 로쉬드가 그랬던 것처럼.

그는 아르고 자리에서 가장 밝게 빛나는 '수하일', 곧 서양인들이 카노푸스라고 부르는 별을 기다리곤 했을 것이다. 그러다가 황혼녘에 그 별이 지평선 위에서 밝게 빛나면, 겨울이 오고 있다는 것과 은혜로운 비가 다가오고 있다는 것을 알았으리라.

우리는 트베일라를 뒤로 하고 떠났다. 우리가 기어올라갔던 모래 언덕 아래로 어깨가 내려가자마자 바위의 모습이 더이상 보이지 않았다. 바람도 멎었다.

지프가 있는 곳으로 다가가면서 우리는 낙조를 배경으로 무수한 눈에놀이(모기와 비슷한, 풀숲에 사는 곤충. 어지럽게 떼지어 날아다닌다―옮긴이)가 춤추는 것을 보았다.

우리는 다시 고독감이 짙게 서린 계곡에 들어와 있다. 시작도 없고 끝도 없는 모래 바다, 관목들의 구불구불한 선이 신기루와 뒤섞이는 곳, 모래 벌판의 흰 빛이 감각을 어지럽히고 우리 내부의 나침반을 제멋대로 움직이게 하는 곳에 다시 들어온 것이다. 하늘엔 벌써 밤의 창백한 기운이 어려 있다. 내일은 아이드 엘 케비르, 곧 아브라함의 번제를 기리는 피의 대축제가 있는 날이다. 아브라함이 바친 제물의 피는 하늘에 영원히 은하수를 그려놓은 것이다. 시드 브라힘 살렘은 경륜 깊은 사람 특유의 부드러우면서도 단호한 태도로 우리에게 작별을 고했다. 언제 우리가 다시 만날 수 있을까?

제미아의 입장에서 보면, 트베일라 바위까지 간 것으로 여행의 목표가 달성된 셈이다. 이제 더이상 갈 수 있는 곳이 없다. JMG는 한낱 증인이고 구경꾼일 뿐이다. 그런 점에서 그는 한 번 지나가면서 감동하고는 곧 잊어버리는 관광객이나 다를 바 없다. 하지만 제미아의 경우는 다르다. 그녀에게 이 여행은 아주 가까우면서도 다가갈 수 없는 자기의 진실, 자기의 분신을 만나는 것이나 진배없을 것이다. JMG는 언제라도 다시 돌아와서 그림을 그리고 사진을 찍고 사닥다리를 타고 바위 꼭대기에 올라가고 바람의 샘에서 공기를 마실 수 있을지 모른다. 그러나 제미아도 그럴 수 있을까? 이 마지막 여정은 그녀에게 진실에 대한 확신을 가져다 줌과 동시에 무엇인가를 그녀에게서 앗아갔다. 어쩌면 그녀가 잃은 것과 얻은 것이 하나일 수밖에 없는 똑같은 것인지도 모른다. 마음속에는, 그 바위의 한가운데에는, 존재의 한복판에는 '도(道)'를 향해 열린 문이 있다.

타리카, 영원에 이르는 길

오 어리석은 자들이여! 하나는 우연하고 다른 하나는 본질적이다.
사원을 성인들의 마음이 아닌 다른 곳에서 찾지 말라.
모두를 위한 기도의 장소인 사원은 성인들의 마음속에 있다.
신께서 계신 곳이 바로 그곳일지니.

자랄 알-딘 루미, 『마스나위』, 1권

우리는 트베일라 바위를 잊지 못할 것이다. 또, 모래의 물결, 검은 돌, 계곡을
서쪽에서 가로막고 있는 볕에 그을린 절벽, 땅속의 물을 따라서 이어진 관목
들의 가느다란 선 등 바위 주위의 그 풍경도, 그 바람도, 그 하늘도, 그 정적도
결코 잊을 수 없을 것이다.

서기 1500년경에(헤지라, 즉 마호메트가 메카에서 메디나로 도망한 해로부터
900년쯤 지난 뒤에), 시디 아흐메드 엘 아루시는 부 달리라는 성인에 의해 허
공에 들어올려져 여기 사기아 엘 함라 계곡에 다다랐다. 그런 기적들(아야트)
을 행할 수 있고, 땅 위를 새처럼(타이 엘 아르드) 아주 빠르게 날 수 있다는
것이 바로 수피즘 스승들의 특권 가운데 하나이다.

시디 아흐메드 엘 아루시를 감옥에서 들어올려 그의 가죽 허리띠를 잡고 사막
까지 데려간 라흐만 부 달리는 튀니스에서 수피즘(타사우프)의 길을 가르치던
스승들 중의 하나였다. 그는 아마도 또다른 부 달리, 즉 하지 모하메드 알 아

흐라슈의 조상이기도 할 것이다. 하지 모하메드는 18세기에 튀니스의 총독이 대표하던 터키 제국의 권력에 항거했던 종교인이며, 사람들이 존경의 뜻으로 사히브 알 와크트, 곧 시간의 스승이라고 불렀던 사람이다.

외세가 마킬 족 아랍인이든 터키인이든 아니면 프랑스인이나 에스파냐인 같은 기독교도이든, 그것에 맞서 북아프리카 민족주의가 최초로 발현된 것은 시디 아흐메드 엘 아루시의 반란을 통해서였다.

시디 아흐메드 엘 아루시가 떨어진 사막 한복판의 그 자리는 엘 리야드, 곧 동산이라 불린다. 아루시 부족 사람들은 그 이름의 유래를 설명하기 위해서 황금 시대를 언급한다. 그 시대에는 사기아 엘 함라의 퇴적지(그라이르) 전역이 종과 머슴들에 의해 경작되었고 작물과 온갖 종류의 과수가 지천이었다는 것이다.

하지만 그 이름은 수피즘 시가에 나오는 한 은유에서 비롯된 것이 아닌가 싶다.

시디 아흐메드가 사기아 엘 함라에 다다랐을 때, 그가 만난 주민들은 아직 이교도에 가까웠다. 그들은 이슬람을 알고는 있었지만 무지하고 야만적이었으며 그저 힘의 법칙만을 받아들이고 있었다.

당시에 계곡은 맹수들이 들끓는 야생의 땅이었다. 폭력과 죽음의 장소였던 계곡은 이따금 폭염에 불타는 지옥을 방불케 했을 것이다. 주민들은 강인하고 냉혹했다. 그들은 땅속에 흐르는 물을 알아내고 목초지를 찾아 지치지 않고 밤낮으로 걸을 수 있는 산하자 족 베르베르인들의 민첩성과 적응 감각에다 하산의 후예인 아랍 전사들의 용맹성까지 겸비하고 있었다.

시디 아흐메드 엘 아루시는 그 특별한 백성을 개종하고 소중한 씨앗을 심고 가꾸듯이 교화하여 이 거친 계곡을 신이 보기에 좋은 동산으로 바꾸기로 결심하고, 그 결심을 실천에 옮겼다.

우리는 트베일라를 떠나 시디 아흐메드 엘 아루시 마을 쪽으로 향한다. 불현듯 어떤 깨달음이 뇌리를 스친다. 여기 사기아 엘 함라에서 500년 전에 무슨 일이 일어났는지, 어떻게 해서 모래 벌판에서 동산이 생겨났는지 알 것 같다.

우리가 바위 위에서 본 것은 한낱 허상이 아니다. 우리는 사막처럼 광대한 또다른 세계로 통하는 문, 영원에 이르는 길, 타리카의 초입을 본 것이다. 그 문을 통해서 빛과 바람이 들어온다. 바위를 둘러싸고 있는 풍경의 광물적인 냉혹성, 구름의 윤곽, 지평선의 작은 부분 하나하나가 바로 또다른 세계를 여는 실마리이며, 백성에 대한 성인의 사랑이 지배하는 또다른 계곡으로 들어가는 문인 것이다.

시디 아흐메드 엘 아루시의 전설은 모든 점에서 수피즘을 떠올리게 한다.

그는 대예언자와 아부 베이커, 하드라트 우와이스 알 카르니, 순교자 사예드 후세인, 이븐 시나, 사람들에게 자기의 생각을 그대로 이입시킬 줄 알았던 떠돌이 광인 마지눈 칼란데르, 떠돌이 수행자 유수프 등 대예언자들의 제자들을 본받은 방랑자이다.

시디 아흐메드 엘 아루시의 생애는 수피즘의 스승인 왈리 알라, 곧 '신을 가까이에서 모시는 자'의 삶이다. 라흐만 부 달리의 가르침 덕분에 어린 시디 아흐메드 엘 아루시는 대예언자의 율법에 그리스인들의 이성과 성서의 힘, 베단타의 심오한 명상 및 그리스도의 반어법을 섞은 수피즘의 유산을 이어받는다.

그는 젊을 때부터 페르시아 수피즘의 위대한 스승들을 사표로 삼고 그들의 가르침을 따른다. 예컨대, 샤리(검약) 학파의 창시자인 아불 카심 알 주나이드, 시인이자 회교 지도자인 가잘리, 감히 신과 인간이 하나임을 주장했다고 해서 십자가형을 당한 만수르 알 할라지, 『새들의 회의 *La conférence des oiseaux*』의 저자인 파리둔딘 아타르, 언어의 완벽한 경지에 도달했던 자랄 알−딘 루미가 바로 그들이다.

뿐만 아니라 그는 아프리카를 수피즘의 선택받은 땅이 되게 만든 안달루시아의 다음과 같은 위대한 사상가들에게서도 영향을 받았을 것이다. 즉, 동굴 속에 살던 압두 압달라 엘 하크라는 거지로부터 감화를 받고 개종하여 그 거지에게서 양털로 짠 옷(키르카)을 받은 세비야인 아부 마디안, 다른 사람의 생각을 읽을 줄 알았고 고양이와도 의사소통을 할 수 있었다는 베르베르의 성자

아부 야자, 세비야에서 태어나 공동 묘지에서 사자(死者)들의 가르침을 받고 가장 순수한 종교가 무엇인지 보여줌으로써 무히 엘 딘, 곧 '종교의 혼'이라는 별명과 마히드딘, 곧 '모든 종교를 없애는 자'라는 별명까지 얻은 이븐 아라비 족장.

그런 이들이 아마도 시디 아흐메드 엘 아루시로 하여금 대예언자의 모든 후예를 결합시키는 그 끊어지지 않는 사슬, 즉 '실실라' 속에 들어가게 했을 것이다.

시디 아흐메드는 튀니스에서 이븐 아라비처럼 다음과 같은 신의 말씀(하디트)을 읽으면서 계시를 받는지도 모른다.

　나는 보물이었으나 널리 알려지지 않았다.

하지만 나는 알려지기를 바랐다.

나는 나를 알게 하기 위하여 피조물들을 창조했다.

그리하여 그들이 나를 알게 되었다.

그는 튀니스에서 페스까지 이븐 아라비의 자취를 따라갔을 것이고, 모로코 남부에 가서 알 마라크시의 가르침을 받기도 했을 것이다. 그러나 시대가 이미 달라져 있었다. 이븐 아라비의 시대에는 에스파냐에서 이집트까지, 그리고 다마스쿠스에서 인도까지 아랍 세계를 가로질러 여행하는 것이 가능했지만, 15세기 말에는 그런 일이 더이상 가능하지 않게 되었다.

시디 아흐메드 엘 아루시의 어린 시절에 이미 시대의 변화를 알리는 사건들이 있었다. 알 무라비툰 왕조가 몰락한 것과 안달루시아에서 아랍인들이 철수한 것이 바로 그것이다. 1492년의 패전에 따른 아랍의 쇠퇴는 북아프리카에 기독교인들이 침입하는 사태로 이어졌고 그 반작용으로 사하라 성자들의 신비주의를 불러일으켰다.

아흐메드 엘 레기비처럼 시디 아흐메드 엘 아루시는 권력의 부패와 횡포를 고발하는 데 앞장선 사람들 중 하나다. 수피즘의 스승들은 악에 대항하여 싸우되, 무기로 싸우지 않고 말의 위력으로, 청렴의 수범(垂範)으로, 자기 희생의 힘으로 싸웠다.

시디 아흐메드 엘 아루시가 자기 부족을 세우기 위해 선택한 장소인 사기아 엘 함라는 이 저항의 중심에 있었다. 사기아 엘 함라에서 빛나는 것은 궁궐이나 사원이 아니라, 계곡의 경이로운 무위(無爲)와 적막이다. 이곳에는 오감을 혼탁하게 만드는 것이 없기에 신을 더 가깝게 느낄 수 있다. 알제리의 호가르

산악 지대에서 샤를 드 푸코(1858~1916. 프랑스의 탐험가이자 선교사. 프랑스군 장교로 모로코를 탐험하면서 2천 킬로미터 이상의 새로운 길을 알아냈다. 카톨릭으로 개종하여 사제 서품을 받은 뒤 사하라 사막에서 선교 활동을 벌였다―옮긴이) 신부가 그랬듯이.

시디 아흐메드 엘 아루시는 도시를 세우지도 않고 백성들을 정복하지도 않았다. 그냥 사람들이 그에게로 올 뿐이다. 산하자 부족 유목민들은 트베일라 바위 가까이에 천막을 치고 우물을 파고 보리를 파종한다. 그들은 홀린 듯이 그의 말에 귀를 기울인다. 그들이 보기에 그는 마치 저승에서 온 사람처럼 태양

의 열기도 밤의 추위도 두려워하지 않고, 배처럼 생긴 바위 위에서 동쪽을 향한 채 밤새도록 서 있을 수 있다. 또한 그는 법열 상태에서 피안을 볼 수 있으며, 고개를 돌리지 않고도 사방의 지평에 눈길이 미치게 할 수 있는 사람―이븐 아라비가 얻었던 별명처럼 '와지 비 라 카파', 곧 뒤통수가 없는 얼굴이다. 그는 사철 내내 양털로 짠 길고 헐렁한 옷을 입으며, 잠도 자지 않고 별로 먹거나 마시지도 않는 것처럼 보인다. 그러한 그가 그들에게 신에 대해서, 사랑으로 충만한 완전한 존재에 대해서 이야기한다. 그의 말에 따르면, 신은 강하고 부유한 자들(바누 마린 왕조의 군주들과 타루단트의 술탄)의 편이 아니라, 그들의 편이다. 이방인들이 보기엔 아무것도 없지만, 사유가 충만하고 사랑이 무한한 여기 이 계곡에서 신이 그들의 가난과 고독을 함께 나누고 있다는 것이다.

사하라의 유목민들은 시디 아흐메드 엘 아루시에게서 진정한 족장 엘 악바르의 면모를 발견하고, 그가 자기들을 지켜주고 격동과 전쟁의 시대에 그들에게 복을 내릴 것이며 그들을 전사와 성스러운 백성으로 만들어주리라고 생각한다. 그들은 자기들의 천막 안으로 그를 맞아들여 식량과 물을 함께 나눈다. 시

디 아흐메드 엘 아루시는 산하자 부족의 여인들과 혼인함으로써 그들의 일원
이 되고 혈연으로 그들과 결합한다. 그의 자식들로부터 아루시 부족의 세 가
계, 즉 울레드 시디 부 메흐디, 울레드 부 마디안, 울레드 칼리파가 나온다. 제
미아가 속한 가계는 울레드 칼리파다.

우리는 황혼의 어스름 속에서 스마라로 간다. 우리는 이제 제미아의 조부모와
부모가 이곳을 떠난 뒤에도 면면히 세월을 관통해온 것이 무엇인지 잘 알고
있다. 머나먼 별에서 나온 빛이 수세기에 걸쳐 우주를 통과하듯이, 15세기에
사기아 엘 함라를 환하게 비추었던 빛도 한 세대에서 다음 세대로 자기 길을
계속 가고 있다. 시디 아흐메드 엘 아루시가 자기 백성에게 내린 축복은 지상
의 그 어떤 권력에 의해서도 훼손되지 않는다. 그 어떤 법률도 군주도 그것을
파괴할 수 없다. 그런 점에서 그의 축복은 사막과 비슷하다. 그것은 영원한 언
어이며 세월을 타지 않는 완전한 가르침이고 무형의 진리이다.

에필로그

이 세계가 하나의 산이라면
우리의 행위는 한낱 외침이다.
그것은 메아리가 되어 언제나 우리에게 되돌아온다.

자랄 알-딘 루미, 『마스나위』, 1권

길이 우리 뒤에 있던 시디 아흐메드 엘 아루시 마을의 집들을 삼켜버린 순간,
우리는 무엇이 빠져 달아난 것처럼 허전한 기분을 느꼈다.

우리는 다시 오리라는 기약 없이 사기아 엘 함라를 떠난다. 우리는 그저 단순
한 여행자이고 철새일 뿐이다. 그럼에도 시드 브라힘 살렘 족장은 마치 우리
가 이방인이 아니라 자기 부족의 일원이라도 된 양 우리에게 축복을 주었다.
그러나 우리는 여기 이 사람들을 위해서 무엇을 했던가? 그리고 무엇을 할 수
있었는가?

설령 우리가 무엇을 하고자 했다 해서 사정이 달라질 수 있었을까? 아루시 부
족 사람들은 우리가 아는 것과는 너무나 다르고 너무나 멀리 있다. 우리의 노
력, 우리가 읽고 들은 것, 이 사람들에 대한 우리의 호감과 애정, 그 모든 것에
도 불구하고 신비는 여전히 남아 있다. 그건 아마도 집착을 모르는 이들의 놀
라운 경쾌함이 우리에게 부족하기 때문일 것이다.

이들은 세상 물정을 전혀 모르는 어수룩한 사람들이 아니다. 이들은 현대 세

계와 접촉하며 살고 있고 스마라와 다클라와 라윤에서 규칙적으로 현대 세계를 만나며, 더러는 텔레비전 화면을 통해 세상의 이미지를 보기도 한다. 이들은 현대 세계의 음식을 먹고 탄산음료를 마시며 현대 세계의 운송 수단을 이용하고 공업 제품을 구입한다. 그러나 이들은 언제나 사막으로 되돌아온다.

이들의 적응 능력이 어느 정도인가를 보여주는 가장 놀라운 예증은 아마도 랜드로버(지프 비슷한 영국제 4륜 구동차—옮긴이)를 타고 사막을 가로질러 달리는 유목민들이 있다는 사실일 것이다. 그 유목민들은 자기들의 낙타떼가 있는 곳으로 가기 위해 랜드로버를 이용하며, 그 자동차들에는 야영지에서 텐트 안에 전깃불을 마련해주는 태양열 집적기가 세워져 있다. 아니, 어쩌면 아라비아에서 열리는 낙타 경주대회에 참가하기 위해 비행기를 타는 시드 브라힘 살렘 족장의 경우가 더 놀라운 예증이 될지도 모르겠다…….

하늘빛 사람들은 그들 나름의 방식으로 진보를 해왔다. 하지만, 그들은 계속 자기들의 전통에 따라서 사는 쪽을 선택했다. 그들을 이끄는 것은 종교적인 감정이다. 다시 말하면 그들은 자기들이 살고 있는 땅이 부과하는 법칙을 철저하게 존중하고 자기들의 조상 시디 아흐메드 엘 아루시를 믿으며 산다.

유목민들의 삶을 특징짓는 것은 고단함과 궁핍이 아니라 조화이다.

그들의 삶을 지탱해주는 것은 땅에 대한 완전한 지식, 이를테면 자기들 자신의 한계에 대한 정확한 평가이다.

틀에 박힌 지식에서 벗어나지 못하는 우리로서는 그 단순한 지혜에 다가가거나 이해하기가 어렵다.

우리는 사회적인 관습과 경계, 소유에 대한 집착, 쾌락에 대한 갈망, 고통과 죽음의 거부 따위로 옹색해진 세계에 살고 있다. 우리의 세계는 신분증과 카드와 돈 없이는 여행하기 어려운 세계이며, 고정관념과 이미지의 힘에서 벗어나기 어려운 세계이다. 사막의 유목민들은 시디 아흐메드 엘 아루시가 사막에 다다랐을 때 보았던 모습 그대로 도시 사회의 그 어떤 권리와 의무에도 매여 있지 않다.

그들은 지구상의 마지막 유랑자들이다. 그들은 더 멀리, 비가 내리는 다른 곳으로, 천 년 세월의 무게가 실린 거역할 수 없는 요구가 부르는 곳으로 가기 위해 언제라도 천막을 걷을 준비가 되어 있는 사람들이다. 그들은 바람과 하늘과 가뭄에 묶여 있다. 그들의 시간은 우리의 시간보다 더 참되고 사실적이다. 그들의 시간은 미리 만들어진 계획에 따라서 계산되지 않고 별들의 움직임과 달의 변화하는 양상에 따라서 헤아려진다. 그들의 공간은 한계가 없다. 그들의 공간은 그들의 눈 속에, 발길 닿는 대로 가려는 그들의 의지 속에 있다. 그들의 눈은 예리하게 발달하여 돌이나 모래의 아주 작은 변화도 감지할 수 있고, 다른 사람들이 따분함이나 두려움밖에 느끼지 못할 곳에서 다양성과 아름다움을 발견할 수 있다.

아마도 우리는 그들이 어떤 사람들인지에 대해서 아주 적은 부분밖에 이해하지 못했을 것이고, 우리가 그들에게 줄 수 있는 것은 아무것도 없었을 것이다. 하지만, 우리는 그들에게서 아주 소중한 것을 받았다. 그들이 얼마나 오랫동안 더 그럴 수 있을지는 모르지만, 자기들의 자유를 완벽하게 누리며 사는 삶의 본보기를 보았으니 말이다.

역자 후기

여행은 르 클레지오 문학에서 각별한 의미를 갖는다. 그는 여행을 많이 하는 작가이고, 그의 여행 경험은 거의 예외 없이 작품에 반영된다. 그의 처녀작 『조서(調書)』(1963)는 영국에서 씌어졌고, 『물질적 법열(法悅)』(1967)이라는 명상 에세이는 방콕에서 구상되었다. 또 그는 아메리카 인디언의 삶에 매료되어 1967년에 체류 기간을 연장해가면서 멕시코에 머물렀고 1969년에서 1973년 사이에도 간헐적으로 파나마에 가서 살곤 했다. 그는 그후로도 중남미 여행을 계속하였고, 그 경험을 바탕으로 『산동(散瞳)』(1973), 『성스러운 세 도시』(1980) 등과 같은 산문을 쓰기도 하고 아메리카 인디언의 신화를 번역하기도 했다. 인도양의 모리셔스 섬과 로드리게스 섬도 그의 문학을 풍부하게 하는 데 크게 공헌한 여행지이다. 그는 자기의 가족사와 깊은 관련을 맺고 있는 그 섬들을 1981년에 여행하고 나서 조부의 모험담을 바탕으로 한 소설 『황금을 찾는 사람』(1985)과 자전적 성격이 강한 일기 『로드리게스 기행』(1986)을 썼다. 소설 『사랑단』(1990)과 아버지를 찾아 아프리카로 가는 소년의 이야기인 『오니샤』(1991)에도 작가의 개인적인 경험이 활용되어 있다. 그런가 하면『떠도는 별들』(1992)은 약속의 땅으로 이주하는 유태인들의 행렬 속으로 우리를 이끌고 있고, 『디에고와 프리다』(1993)는 멕시코의 두 예술가가 걸었던 사랑과 혁명의 길을 보여주고 있으며, 『검역』(1995)은 작가 외조부의 모험담을 들려준다. 아프리카에서 태어나 아랍 지역과 프랑스와 미국을 떠돌다가 다시 아프리카로 돌아오는 한 여인의 역정을 그린 소설 『황금 물고기』(1997)에도 존재의 근원을 찾아 끊임없이 여행하는 작가의 삶이 잘 반영되어 있다.

현대 도시 문명의 어두운 그림자를 뒤로 하고 떠나는 르 클레지오의 여행에서 사막은 주된 목적지 중의 하나가 된다. 그는 멕시코의 소노라 사막과 마피미 사막, 미국 뉴멕시코 주의 화이트 샌즈 등 아메리카 대륙에 있는 여러 사막들을 아내 제미아와 함께 자주 여행했다. 그는 이 책 『하늘빛 사람들』에서 "사막에 들어가는 것보다 더 큰 감동을 주는 일은 없다. 어떤 사막도 다른 것과 닮지 않았지만, 사막에 들어갈 때마다 심장은 더욱 세차게 고동친다"고 말하고 있다. 그만큼 사막은 그에게 아주 특별한 의미를 갖는 공간이다. 태양과 바람과 모래와 물이 이루어내는 이 시원의 풍광은 현대 도시의 인위적 풍경에 대비된다. 사막은 천지창조의 드라마를 동시대적으로 보여줌으로써 인간의 자리를 성찰하게 하는 명상의 공간이며, 표면의 단조로움 속에 순수한 자연력의 천변만화를 감추고 있는 땅이다. 그래서 인간의 본원적인 감성을 갈망하는 이들에게 사막은 도시보다 성스럽고 아름다울 수 있다.

르 클레지오는 1980년에 『사막』이라는 소설을 썼다. 사하라를 주름잡던 청의(靑衣) 민족의 운명과 그 후손인 랄라라는 여인의 삶을 동시에 그린 작품이다. 그 소설이 사하라를 가고 싶어도 갈 수 없었던 시절에 상상력과 역사 연구와 구전을 바탕으로 만들어진 것이라면, 이 『하늘빛 사람들』은 르 클레지오의 아내 제미아의 조상들이 떠나온 사막에 실제로 가서 보고 듣고 느낀 바를 기록한 것이다. 르 클레지오의 여행 대부분이 인간의 다양한 삶에 내재해 있는 아름다움과 진실을 찾아내고 존재의 근원으로 거슬러올라가려는 행위이지만, 제미아의 가족사와 결합된 이 사하라 여행은 그의 모리셔스 섬 여행만큼이나 뿌리찾기의 의미가 강하다고 볼 수 있다.

이 책을 번역하는 데 특별한 도움을 준 주한 모로코 대사관 나스레딘 파우지 람다니 대리 대사께 이 글을 빌려 감사의 뜻을 전하고자 한다. 그는 이 책에 나오는 많은 지명과 인명의 발음을 일일이 확인해주고, 서 사하라의 역사와 수피즘 등에 관해 자상하게 설명해주어 역자의 부족함을 메워주었다.

2001년 1월

이세욱

|사진 설명|

옮긴이 **이세욱**

서울대 불어교육과를 졸업했으며, 프랑스 오를레앙 대학에서 불문학을 공부했다. 『개미』를 비롯한 베르나르 베르베르의 전 작품과 『드라큘라』『벽으로 드나드는 남자』 『세상의 바보들에게 웃으면서 화내는 방법』『두 해 여름』『밑줄 긋는 남자』『프란츠 파농』『나는 그녀를 사랑했네』『사랑의 야찬』『늑대의 제국』『리흐테르』 등을 우리말 로 옮겼다.

문학동네 세계문학

하늘빛 사람들

1판 1쇄 2001년 2월 5일 | 1판 4쇄 2008년 10월 17일

지은이 제미아 르 클레지오 · JMG 르 클레지오 | 사진 브뤼노 바르베

옮긴이 이세욱 | 펴낸이 강병선

펴낸곳 (주)문학동네 | 출판등록 1993년 10월 22일 제406-2003-000045호

주소 413-756 경기도 파주시 교하읍 문발리 파주출판도시 513-8

전자우편 editor@munhak.com | 전화번호 031)955-8888 | 팩스 031)955-8855

ISBN 89-8281-359-4 03860

www.munhak.com